SEDIENTO

RANCHO WOLF
LIBRO 9

VANESSA VALE

RENEE ROSE

REGLA Nº 9 DE LA MANADA: El DESTINO ES SECUNDARIO PARA UN PADRE SOLTERO

No me había mudado a Cooper Valley en búsqueda del amor.

Había venido a criar a mi hija en paz, a trabajar en el Rancho Wolf y mantener a mi lobo a raya. No tenía tiempo para distracciones ni problemas. Mucho menos si llevaban el nombre de una mujer.

Mi nueva vecina era dulce, atractiva y rotundamente prohibida.

Siempre llevaba el pelo recogido y una sonrisa que derretía el hielo.

Hacía tan feliz a mi niña como nunca antes.

Y a *mí*, me provocaba temblar del deseo.

Joy era un rayo de luz; yo, un cielo nublado.

Me repito que soy demasiado tosco, demasiado sombrío, y vivo demasiado ocupado con la paternidad como para quererla.

Pero a mi lobo no le importan las reglas. Cree que ella es suya.

Sabe que *ella huele* a destino… ¡y *el destino sabe mejor*!

¿Cómo me podía alejar? Por más que tratara, parecía que el destino siempre elegía por mí.

1

WES

CERRÉ el grifo y abrí la cortina de la ducha; el vapor había empañado el cuartito de baño y todo el espejo. Salí a la alfombra de baño, cogí una toalla —una de las toallas rosas de Remy— y empecé a secarme.

Mudarse era complicado. Mudarse siendo padre soltero de una niña de cuatro años lo era aún más.

Ya había encontrado las sábanas, las ollas y sartenes, los artículos de higiene. Todas cosas importantes. Pero la caja llena de peluches de Remy había desaparecido o yo no la había buscado entre el montón de artículos que había en la sala de estar.

Había sido una crisis. Todavía lo era.

Había sentado a Remy en su taburete, que la alzaba a la altura adecuada para la mesa de la cocina, y la había puesto a colorear mientras yo me duchaba para quitarme el sudor y la suciedad de cargar cajas y mover muebles. Como cambiaformas, levantar cosas pesadas era fácil, pero hacerlo en julio me puso a sudar.

Limpié el espejo con la toalla y luego me sequé el pelo.

Mientras miraba mi reflejo medio empañado, no pude evitar notar el cansancio que veía en mí. Era padre, no abuelo.

Me había tomado el día libre para la mudanza, pero Remy tenía que cenar, bañarse, encontrar la caja con los peluches y, además, yo tenía que estar en el Rancho Wolf temprano por la mañana. Mis responsabilidades, aquí en casa y en el rancho como capataz, nunca terminaban.

—Comida —murmuré para mí mismo—. Necesitas comida, una cerveza y mirar algo en la tele que no sean dibujos animados ni princesas. —Me envolví la toalla en la cintura que apenas me alcanzaba. Bajé la mirada. No estaba hecho para toallas rosas de niñas.

—Remy, ¿te apetece cenar una hamburguesa? —le pregunté.

No respondió, lo cual me sorprendió, porque,

aunque era muy chica, le encantaba comer. Y, como era una cachorra cambiaformas, le encantaba la carne. También hablar conmigo, consigo misma, con sus peluches.

—¿Remy? —Salí del dormitorio y caminé por el pasillo con la mano en la toalla que llevaba en la cadera.

La casa de una sola planta que compré estaba en el pueblo, en un bonito terreno. La elegí porque venía completamente renovada; todo era nuevo, lo que significaba que no iba a tener que perder tiempo arreglando grifos con fugas de agua ni remodelando baños anticuados. La ubicación era perfecta para llevar a Remy al colegio, para que saliera con sus amigos cuando fuera mayor e hiciera todas las cosas que los niños hacen y que no se pueden hacer cuando viven aislados en un rancho. Había esperado para comprar una casa y sacar nuestras cosas del almacén hasta estar seguro de que todo iba a salir bien con el nuevo trabajo y la manada.

Parecía que habíamos encontrado una mina de oro con la manada del Rancho Wolf. Nos habían acogido a los dos como si fuéramos parte de la familia, no como perfectos desconocidos que además eran cambiaformas.

La rutina y la cercanía eran justo el cambio que

Remy y yo necesitábamos después de estar en el circuito de rodeo durante seis meses al año. Además, las cosas se habían puesto raras en nuestra manada de origen. Había oído que la madre de Remy había vuelto y no quería que le confundiera la cabeza a nuestra hija. Joder, ni siquiera quería que Remy la conociera.

Ya era bastante difícil tener que explicarle a mi hija por qué su madre no estaba presente. Lo último que necesitaba nuestra pequeña era sentir ese abandono con más intensidad después de conocer a su madre y verla marcharse nuevamente. Una cosa fue que la abandonase cuando tenía tres semanas, pero una niña de cuatro años recordaba todo. Y a todo el mundo.

—¿Remy?

Como seguía sin responder, aceleré el paso y fruncí el ceño. La cocina estaba vacía. Sus dibujos quedaron sobre la mesa, los lápices de colores esparcidos por la superficie de madera.

—¡Remy! —volví a llamar.

Probablemente estuviese jugando al escondite o absorta en cualquier juego imaginativo que estuviera haciendo en ese momento. Quizás se había quedado dormida después de agotarse con la rabieta que le dio por los peluches.

Pero cuando miré rápidamente cada habitación y no la encontré, se me erizaron los pelos de la nuca.

Joder.

No habría salido de casa. Con todos los cambios que hubo últimamente, se había vuelto más dependiente. No quería separarse de mí. Joder, se había quejado cuando la dejé sola para darme un baño.

Se me aceleró el corazón. Mi lobo interior se agitó. Daba vueltas. No nos gustaba no saber dónde estaba nuestra cachorra o si no estaba bien.

Alcé la voz hasta gritar.

—¡Remy!

¿Y si no estaba bien? ¡Hostia! ¿Dónde estaba?

Me di la vuelta y corrí de un lado al otro, buscando más a fondo esta vez, abriendo armarios y mirando debajo de las camas por si estaba jugando.

¿Dónde coño estaba mi hija?

Mierda. ¿Había entrado alguien y se la había llevado? ¿Había salido por la puerta de entrada?

—Remy Marie, si te estás escondiendo de tu padre, quiero que salgas ya. Te escondes demasiado bien.

Nada.

La adrenalina comenzó a correrme por las venas. Si alguien había tocado a mi cachorra, mi lobo lo haría pedazos.

Fui a la puerta principal. Estaba cerrada con llave. Fui a la puerta de atrás. Joder. ¿Por qué no me había dado cuenta de que estaba abierta unos centímetros?

¡Joder, joder, joder!

La abrí de par en par, salí al porche y miré por el jardín.

Era un barrio antiguo, con árboles y arbustos bien arraigados. Solo había una valla parcial. Mañana instalaría una valla perimetral entera para que no saliera del lote.

Pero de momento no sabía dónde estaba. Me pasé la mano por el pelo mojado.

¿Y si se había perdido? ¿Se habría metido en el tráfico? ¿La habían secuestrado?

—¡Remy! —grité al aire. Mi voz tenía el eco mortal de un lobo en crisis. Se dice que las osas protegen a sus cachorros, pero no era nada comparado con lo que haría un lobo si alguien se atreviera a respirar cerca de su cachorro.

—¡Estoy por aquí, papá!

Ay, destino. Su vocecita resonó en el aire de la tarde de verano. Provenía del jardín vecino.

Gracias a Dios. Mi lobo aulló de alivio. Suspiré, pero mi corazón seguía latiendo fuerte.

Me tranquilicé, aunque seguía enfadado porque me había pegado un susto de muerte. La había dejado coloreando o mirando la tele mientras me duchaba. Nunca antes había salido de casa. Ni una sola vez.

Pero tampoco habíamos estado nunca en este nuevo lugar.

Corrí por el jardín, me agaché bajo una rama baja de un fresno y rodeé un arbusto de lilas.

Allí, sentadas en los escalones de hormigón del patio de la casa contigua, estaban Remy y una joven, riendo y comiéndose unas paletas heladas.

La joven me miró con una amplia sonrisa con hoyuelos.

—Hola, papá —dijo Remy con tono alegre.

2

JOY

Viviendo en Montana, la posibilidad de que un animal salvaje saliera desde atrás de la maleza no era tan poco probable, pero que se apareciera un hombre musculoso y tatuado, con nada más que una pequeña toalla enrollada en la cintura, era una sorpresa.

Sobre todo, uno tan atractivo.

Joder, era guapo.

¿Este era el papá de Remy?

Tenía el pelo rojizo. Por todas partes.

La toalla no ocultaba mucho porque era muy pequeña, era rosa y tenía... fresas bordadas en los extremos. Supuse que era de Remy. Hacía más contraste con lo grande y viril que él era. Medía metro ochenta, era robusto, musculoso, de hombros anchos. Repito: musculoso. Abdominales que se podían contar. Sí, musculoso. Muslos cuales troncos de árbol.

Y debajo de la toalla... también era grande.

La toalla le quedaría bien a una niña de cuatro años, pero TODO lo que tenía este hombre se veía claramente o resaltaba con mucha nitidez.

Se me hizo la boca agua y, de repente, fue como si el sol empezara a calentar aún más. Me metí la paleta helada en la boca con la esperanza de refrescarme y su mirada siguió el movimiento con un ceño fruncido.

—¡Hola, papá! —repitió Remy. Dio unos brincos en el porche, emocionada—. Ella es Joy. Nos estamos refrescando.

Su hija era tan dulce. Y brillante. Ahora sabía de dónde había sacado su melena rubia rojiza.

—Ya veo. —Se acercó a nosotras dando sonoros pisotones, lo que no debería ser posible yendo descalzo, pero de alguna manera lo consiguió.

Tuve que inclinar la cabeza hacia atrás para mantener la mirada en sus ojos y no en el resto de su físico de Adonis. Hasta se le notaba esa forma de V que tienen los modelos masculinos. Su rostro se suavizó cuando se agachó frente a mí... Y la toalla...

Los ojos casi se me salen de las órbitas al verle la

polla. Grande, gruesa, ridículamente atractiva para ser una polla.

Debió de darse cuenta de que su toalla no servía para cubrirle en cuanto me aclaré la garganta. Entonces, se puso de pie de un salto y se apretó el nudo de la cadera.

—Cariño, no puedes salir de casa sin mí —dijo con voz ronca.

—No quería seguir pintando —se defendió Remy —. Oí cantar a Joy, así que salí. Ella vive aquí. Hace cerámica en el garaje. ¿Quieres ver?

Me miró con el ceño fruncido, como si yo hubiera intentado atraerla a mi casa.

—Pinta la cerámica y la mete en un horno. ¡Suena tan divertido! Me va a dejar hacerlo si te parece bien.

El padre —un tipo con quien follaría— gruñó. No supe si era un sí o un no.

Por alguna estúpida razón, su actitud de descontento lo ponía más atractivo. No sabía por qué, seguramente era porque los gruñones me parecían un reto. Nunca me gustaron los chicos encantadores y simpáticos que se fijaban en mí. Era como un gato que sabía exactamente quiénes no eran amantes de los gatos y gastaba su energía y afecto solo en agradarles. No hacía falta decir que por eso estaba *muy* soltera.

—El pelo de ella no es como el mío —continuó

Remy—. Es como el de una princesa, como las hebras de oro de ese libro que leímos y también de esa película. ¿Qué son las hebras de oro? ¿Tienen forma de hilo de coser?

La niña tenía energía. Quizás la paleta no fue la mejor idea, pero era totalmente natural. De frambuesa, mi sabor favorito. Tenía dos palitos y la partí por la mitad para compartirla. No creí que pudiera comerse una entera antes de que se le derritiera por todas partes. Tuve razón, porque la mitad del zumo le manchó la cara y la mano derecha.

—La paleta es natural, no tiene azúcares añadidos —le dije—. Perdona, debí haberte preguntado primero, pero me dijo que no tenía alergias a alimentos y que tú estabas en la ducha.

Probablemente no debería haber recordado ese detalle, porque solo decirlo provocó que mi mirada se posara otra vez en su cuerpo casi desnudo en busca de gotas de agua. Me quedé pensando en si le gustaría que le ayudara la próxima vez. Podría —sin duda era una opción— enjabonarlo.

El hombre gruñó mirándome con intensidad. Respiró hondo como si intentara calmarse. Luego apartó la mirada.

Supuse que estaba enfadado por la paleta.

Ay.

Ignorándome, dijo:

—Remy, no puedes irte así. No sabía dónde estabas. —Me lanzó una mirada severa—. Y nunca debes aceptar nada de extraños.

—Lo siento, papá. —Remy levantó la cara llena de pecas hacia mí—. ¿Joy es una extraña? Pensaba que era nuestra vecina.

Él no respondió. Lo que hizo fue decir:

—Es hora de irse.

Remy se puso de pie de un salto.

—¡Gracias por el refresco! —Corrió de vuelta a su casa.

—Es muy mona —comenté.

Me puse de pie, descalza. Hacía más de treinta grados y, para combatir la temperatura tan cálida para Montana, traía puesto un vestido corto de verano y llevaba mi claro cabello recogido en un moño.

Él volvió a gruñir.

No sabía qué más decirle a un hombre casi desnudo en mi patio, que parecía enfadado porque me había hecho amiga de su hija. No había etiqueta ni protocolo para eso.

Él me miró fijamente. Yo también lo miré.

Luego se dio la vuelta y se marchó descalzo.

Tuve una vista estupenda de su musculoso trasero envuelto en la pequeña toalla.

Quizás no debería haberle dado una paleta a su hija. Quizás él no debería haberme enseñado su impresionante polla.

¿Y esa polla le pertenecía a mi vecino? Uau.

El hombre era gruñón, refunfuñón. Guapísimo.

Y ni siquiera me sabía su nombre.

WES

Quizá me había comportado como un capullo con mi nueva vecina, pero realmente no me importaba. Joder, ni siquiera quería pensar en que andaba exhibiéndome. ¿Qué clase de hombre hacía eso? Debió de pensar que era un pervertido y un imbécil.

Sabía que había quedado como un gilipollas, no solo ante Joy, sino en general, incluyendo a Remy. Nunca se me había dado bien socializar. No era el tipo de persona que charlaba o cotilleaba con los vecinos. Los últimos cuatro años de padre soltero me habían vuelto francamente irritable.

Si tuviera una cuota diaria de palabras para decir,

seguro que me las gastaba todas con Remy, que le encantaba hablar. Parecía que el único momento en que dejaba de hablar era cuando dormía. Para el resto del mundo, no me quedaba mucho que decir ni bromas que contar, ni cualquier otra mierda por el estilo. Mi paciencia se había agotado por completo.

Tener que cargar con... No, esa no era la palabra adecuada... Adoraba a Remy, pero no esperaba criar a una cachorra desde pequeña yo solo. Ni siquiera supe que tenía una cachorra hasta que volví a mi manada después de seis meses de rodeo y vi a su madre embarazada en el pueblo.

Soraya no había sido mi novia. Ni siquiera había sido mi amiga. Nos habíamos enrollado una vez durante una carrera de luna llena. ¡UNA VEZ! Era unos años más joven que yo y siempre había sido una chica salvaje. Desde los dieciocho años, se escapaba y volvía al pueblo cuando tenía problemas o necesitaba dinero de su padre rico. Acababa de volver en aquel entonces cuando tuvimos ese rollo. Bueno, el método anticonceptivo de sacarla antes no resultó, así que Remy fue un bebé no deseado.

Encontré un lugar donde vivir con Soraya, para cuidarla a ella y a la cachorra, pero tan pronto como nació Remy, Soraya se marchó. Dio a luz a la bebé y la abandonó. Aunque puede que haya vuelto con la manada, yo me vine a vivir aquí, a Cooper Valley, para alejarme. No la había vuelto a ver desde entonces.

No me arrepentía de nada. Remy lo era todo para mí.

El caso fue que no tenía ni idea de cómo criar a una cachorra recién nacida; había sido toda una aventura, por decirlo así. Sobre todo porque tuve que llevarla conmigo de competición en competición en el circuito de rodeo, ya que era la única forma de ahorrar suficiente dinero para comprarnos esta casa y mantenerla. Además, se me daba bien. Ganaba premios en sumas de dinero y en patrocinios. Ahora teníamos un buen hogar en una buen pueblo con una buena manada.

Entré a casa y encontré a Remy en su sillita, pintando, donde se suponía que debía estar mientras me duchaba. Me acerqué y le di un beso en su despeinada cabeza pelirroja.

—Me has asustado, cariño.

Mi hija me miró con los ojos muy abiertos, sorprendida. Eran verdes como los de Soraya. Como cada vez que miraba su carita inocente, se me encogía el pecho. La quería tanto que me dolía físicamente. El dolor de fastidiarlo todo, de criarla mal o, Dios no lo quisiera, de perderla alguna vez, exacerbaba mi amor.

—¿*Tú* tuviste miedo? —me preguntó, asombrada.

Puse la mano en mi pecho desnudo.

—¿No crees que los padres pueden tener miedo?

—No creía que tuvieras miedo de nada.

Acerqué una silla a su lado y me senté. Seguía nada más que con la toalla de Remy.

—No tengo miedo por mí, pequeña Remy. Pero ¿sabes lo que me asusta mucho?

Arrugó su pequeña frente. Tenía un círculo rojo alrededor de la boca que le había dejado la paleta

—¿Qué?

Me incliné y la miré a los ojos.

—Pensar que te pueda pasar algo.

—Pero estoy bien, papá. —Extendió la mano y me dio una palmadita en la mía. Era como si ella me estuviera consolando a mí—. Joy es mi amiga.

Joy, la vecina.

Pensé en lo que dijo Remy y contuve mi respuesta automática, que habría sido decirle que no confiara en extraños o cualquier otra tontería que tienen que decir los padres hoy en día. Había elegido este pueblo, esta casa, por la seguridad, para que pudiese ir a visitar a los vecinos y jugar con otros niños del barrio.

Ladeé la cabeza.

—¿Cómo sabes que es tu amiga?

Remy volvió a colorear, pasando un crayón naranja

de arriba abajo sobre una figura, como si le estuviera poniendo ropa.

—Joy huele bien.

Por alguna razón, se me erizó la piel.

Joy huele bien.

—Confiaste en tus instintos de lobo. —Asentí con la cabeza. Criar hijos era una especie de aprendizaje constante.

Los cachorros lobo no se transformaban hasta la pubertad, y en algunas manadas, especialmente las de las ciudades o las más integradas con los humanos, no les enseñaban a sus cachorros su identidad hasta que tenían la edad suficiente para honrar el secreto de la manada.

Cuando estábamos en el circuito de rodeo, tuve que explicarle a Remy que los toros no podían hacerme daño porque yo era un lobo. Los animales la habían asustado y saberlo la ayudó a ver el espectáculo sin llorar cada vez que me dejaba tirar por un toro para que pareciera realista. Además, creía que era importante enseñarle a escuchar sus instintos de loba, a diferenciar entre su lado animal y su lado de niña. Yo no sabía nada sobre ser mujer, así que hacía lo que podía.

Era cierto que tenía que tener cuidado de que Remy no le dijera nada inapropiado a un humano, pero quería que mi hija supiera lo que ella era. Estaba orgulloso de ella. Orgulloso de lo que era y de la persona en la que se había convertido. Le había enseñado a distinguir el olor de un humano del de un lobo. Ella ya sabía que podía hablar libremente delante de los lobos, pero tenía que mantener nuestro secreto con los humanos.

—Sí, sé que es humana, pero es de las buenas. —Remy siguió coloreando, cambiando el crayón naranja por uno amarillo, con el que garabateó una bola de ese color sobre la cabeza de la figura.

Me froté la barba con la mano.

—¿Cómo es ser de las buenas?

—Así, como Joy.

Los niños decían cosas increíbles. En mi mente, volví al porche de la vecina. Estaba tan absorto en el alivio de haber encontrado a Remy, tras la agitación que me provocó la adrenalina acumulada, que no le había prestado suficiente atención a la mujer. En concreto, desde que Remy lo mencionó, a su olor.

Pero Remy tenía razón. Había sido agradable Un aroma dulce y cálido, como el de las donas recién horneadas. Como caramelos de vainilla y miel, demasiado pegajosos para comer.

Ahora que lo recordaba, el aroma de Joy me había agitado aún más. Me irritó que a mi lobo le gustara su aroma. Me puso de mal humor. O todavía de *peor* humor.

Recordé cómo su mirada se clavó en mi polla cuando me agaché. Fue un movimiento tonto, pero yo no era modesto. No era que hubiera pensado exhibirme ante mi vecina, cubierto nada más que con la diminuta toalla de mi hija de cuatro años.

Un rubor se le había extendido por el pecho, pero no parecía avergonzada. No. Tenía picardía en la mirada, como si me estuviera devorando con los ojos. Como si estuviera interesada. Como si me deseara.

Me froté la nuca con la mano, que parecía calentarse con ese pensamiento porque, por alguna razón, me alegraba que estuviera interesada, que le pareciera atractivo mi cuerpo.

Joy, la vecina de bonito pelo rubio enrollado en la cabeza, ojos azules, labios carnosos que parecían vivir en perpetua sonrisa.

No me interesaba, pero debería haberle dado la mano en lugar de enseñarle mi polla y así, ahora tendría su aroma en la palma para recordarlo.

Podría haberme presentado. Acababa de comprar la casa contigua a la suya y tenía una niña en edad preescolar a la que, al parecer, no podía confiarle quedarse en casa cuando se lo pedía.

Podría ser alguien a quien pedirle que cuidara a la

niña de vez en cuando, por ejemplo, si tuviese que ir de prisa al supermercado después de acostar a Remy por la noche.

Joder, me preocupaba qué iba a hacer con Remy después de su preescolar matutino en el verano durante la temporada de partos del ganado, que empezaría en cualquier momento.

Era mi primera temporada como capataz y me había perdido los partos de primavera. Así que, aunque estaba al mando, improvisaba un poco basándome en lo que se hacía en este rancho con el ganado. Había pensado que, si tenía que ir al rancho por la noche, sacaría a Remy de la cama y la pondría en unas mantas para que durmiera en mi camioneta mientras yo trabajaba, pues ya dormida no se despertaba por nada.

Pero si tuviera una vecina a la que no le importara venir...

Mis pensamientos no tenían nada que ver con el hecho de que Joy fuera joven y guapa. No era mi tipo. Lo último que necesitaba en mi vida era una persona dulce, con hoyuelos en el rostro y ojos azules, excepto como niñera.

No.

Mi corazón estaba cerrado a las hembras, tanto lobas como humanas. No podría soportar la presión de amar a una cachorra de cuatro años. Además, el tiempo ni me alcanzaba para ocuparme de una pequeña y de mí. No iba a complicar las cosas involucrándome con una mujer, y menos con una humana. Ni siquiera con una que oliera a pralinés y rayos de sol.

—¿Esa es Joy? —Toqué el papel en el que Remy dibujaba.

Ella asintió con la cabeza, haciendo que los rizos de su cabello rebotaran.

—Ajá. Se nota por el moño que lleva en la cabeza. —Señaló la bola amarilla que tenía en la cabeza de la figura de palitos—. ¿Cómo se escribe su nombre?

—Vamos a deletrearlo —dije, siguiendo el ejemplo de Riley, la profesora de preescolar de Remy—. J-J-J.

Se metió la lengua en la comisura de la boca, como siempre hacía cuando se concentraba.

—¿G?

—J. Pero tienes razón, la G también suena así.

Remy frunció el ceño mientras dibujaba una J gigante en la parte superior del papel con un lápiz amarillo. Cambió el lápiz amarillo por uno azul.

—¿Y luego qué?

—O-o-o. —Hice el sonido con la boca.

Me miró para confirmarlo mientras dibujaba una O junto a la J.

Asentí con la cabeza.

—¿Y ya?

—Y, como al final de Remy. —Esperaba que no preguntara por qué no se pronunciaba Joey, porque no tenía ni idea. No creía que aún enseñaran excepciones a la pronunciación.

Cuando añadió su Y torcida, levantó el dibujo.

—¿Puedo llevárselo?

De solo pensar en volver a la casa contigua, mi polla se estremeció bajo la toalla. Por eso precisamente tenía que decir que no.

—Ahora no. —Me levanté y le revolví el pelo a Remy—. Papá tiene que vestirse y pensar en algo para que cenes.

—¿Podemos comprar paletas? —preguntó Remy.

Una imagen de Joy lamiendo su helado de frambuesa me cruzó por la mente. Esa lengua pasando lentamente por el lateral de la paleta mientras examinaba mi cuerpo con su mirada pausada. De repente, se me hizo la boca agua, y no precisamente por el helado.

Quizás debería ser más sociable. Podría llevar a Remy para entregarle el dibujo. Podría presentarme como es debido y empezar con buen pie con mi nueva vecina. Pero después de vestirme.

Y más importante aún, podría volver a oler su aroma. Esa sería la única razón para ir, no porque estuviera interesado. Desde luego, no quería que Joy lamiera mi paleta, ni que abriera los muslos para clavar mi cara entre ellos.

No estaba pensando en si el aroma de su excitación olía tan dulce como el resto de su cuerpo.

Ni qué sonidos hacía cuando se corría.

No. No iba a pensar en eso. No iba a acostarme con mi vecina. Esa tenía que ser una maldita regla, ¿no?

Especialmente porque era humana y yo, un padre soltero, y encima lobo.

4

JOY

Sentada en mi taburete, con las rodillas bien separadas alrededor del torno de cerámica, tenía el pie derecho encima del pedal que ajustaba la velocidad de giro, y las manos llenas de arcilla húmeda hasta más arriba de las muñecas. Mi viejo delantal protegía de salpicaduras mi camiseta sin mangas y mis pantalones cortos, pero mis rodillas y algunas partes de mis muslos no tenían tanta suerte.

Ensuciarse era parte del trabajo de alfarería. Cogía un cubo de arcilla húmeda y lo convertía en objetos funcionales, como platos, tazas y jarrones. Ahora creaba un jarrón.

Mojé la esponja húmeda en el cubo de agua, la escurrí y la coloqué justo donde se unían el torno y la arcilla. Parecía un jarrón, de unos treinta centímetros de altura, pero tenía que alargar la base. Presioné mientras el jarrón giraba y daba vueltas. Poco a poco, haciendo presión constante, se fue estrechando.

Sumergí la esponja y repetí una y otra vez hasta que quedé satisfecha. Luego cogí una pequeña herramienta de madera para eliminar el exceso y se desprendió una cinta espiralada de arcilla. La tiré al pequeño montón de sobrante que lentamente iba creciendo.

La música sonaba baja. La puerta del garaje estaba abierta. Era un día precioso en Montana.

Pero sí que hacía calor. El sudor hacía que me brillara la frente y no podía tocarla para secármela. Lo había aprendido por las malas hacía mucho tiempo, cuando me llenaba de arcilla de la cabeza a los pies.

Al quitar el pie del pedal, el jarrón se ralentizó y se detuvo. Lo miré con ojo crítico. Era una nueva dirección que estaba tomando. Los dos primeros que había entregado a la tienda de artesanía del pueblo se habían vendido en la primera semana. Había enviado algunos a tiendas de todo el país que vendían mis piezas. Este se enviaría a Texas cuando estuviera terminado.

Agarré el alambre con las pequeñas pinzas de madera en ambos extremos y lo deslicé por debajo de la parte inferior del jarrón húmedo para separarlo de la rueda.

Para asegurarme de que tenía un lugar donde dejarlo en la estantería para que se secara, miré por encima del hombro. En ese momento sonó mi móvil.

—Joder.

Con cuidado, cogí el jarrón, atravesé el garaje y lo dejé en su sitio.

Presionándome el labio inferior, soplé aire hacia arriba y sobre mi cara, apartándome los mechones rebeldes de los ojos. No podía coger el móvil que seguía sonando, pero utilicé el meñique para deslizar hacia arriba en la pantalla, dejando solo una pequeña mancha en el cristal. Con el altavoz activado, podía hablar con las manos libres.

—¡Buenos días, con alegría!

—Hola, Joy. Es Joann, de Segal Crafts.

Su tienda en Oregón había vendido algunas de mis piezas. Incluso le envié una la semana pasada.

—¡Hola! Estaba trabajando en el próximo jarrón.

—Genial. Pero te tengo malas noticias.

Eso no sonaba bien.

—Lo que has mandado se ha roto todo en la caja.

—¿Cómo?

¿Todo? Pero si había... catorce tazas, tres platos y una vasija. Era experta empacando, pero los accidentes ocurrían. Pero ¿cómo todo?

—Deberías quejarte con el repartidor y exigir el seguro. Tengo fotos que puedo mandarte para que sumes al reclamo.

Eran quinientos dólares en artículos.

A lo mejor podía recibir un pago del seguro como mencionaba ella, pero tomaba tiempo. Ya lo había hecho antes. ¡Esto era demasiado! Necesitaba ese dinero. Esperaba que Joann llamase para decirme que me había hecho una transferencia electrónica y así tendría lo que me faltaba para pagar la hipoteca.

Pero ahora...

—Ay, pues vale. Sí, claro, mándame las fotos. Eh... ¿querrás que te los reponga?

¡Por favor, dime que quieres que te reponga!

—Me tomará mínimo una semana para volverlos a hacer.

Después de colocar los objetos en el torno, tenían que secarse completamente antes de poder cocerlos en el horno, ya que, de lo contrario, el agua que contenían haría que explotaran. A continuación, se esmaltaban y se volvían a cocer.

La alfarería no era un arte rápido.

—Sí, por favor. A todo el mundo le encanta tu trabajo.

Exhalé en silencio, aliviada.

Claro, perdería dinero por la arcilla y las pinturas adicionales que necesitaría para volver a hacerlos. Y con el tiempo que me llevaría rehacer el pedido, podría estar haciendo otro. Pero Joann era una clienta fiel y buena persona. No era culpa suya.

—Gracias por llamar —le dije—. Te avisaré cuando los reemplazos estén listos.

—Cuídate, Joy. —Joann finalizó la llamada.

Me quedé mirando mi espacio. Hacía unos años, había comprado esta casa para renovarla, específicamente por el garaje independiente que era el estudio perfecto para una alfarera. Cuando me mudé, me aseguré de que el cableado cumpliera con la normativa, antes de arreglar el grifo que goteaba en la cocina. Incluso llamé al departamento de bomberos para que vinieran a confirmar que todo era seguro para instalar el horno.

Todavía faltaban remodelaciones en la casa. Había mucho trabajo por hacer, a diferencia de la casa de Remy y su padre, que era contigua a esta y había sido modernizada de arriba abajo. Conocí a los antiguos vecinos y había visto todas las remodelaciones que le habían hecho a la vivienda.

En mi casa, el fregadero ya no goteaba, pero había que cambiar las ventanas, renovar la caldera y cambiar las cerámicas del baño, que no deberían ser de color verde aguacate. Algún día lo haría todo si tuviera el dinero extra para encargarme de esos proyectos. No estaba en la ruina, pero definitivamente solo conseguía vivir el mes.

Mis piezas empezaban a venderse por todo el país y empezaba a entrarme dinero, pero parecía que siempre surgían contratiempos y, bueno, me hacían retroceder. Una mano adelante y la otra atrás, o como fuera que dijera el refrán.

Volvió a sonar el móvil, esta vez con un mensaje de texto.

El nombre que aparecía en la pantalla me hizo sonreír. Era Marina, mi amiga de la clase de yoga.

> Colton no está. Ven a verme. Tengo vino.

Ya verla me apetecía, pero ¿habría vino, además? Madre mía, sí que necesitaba una copa... o hasta dos.

Le di al botón de voz para que escribiera texto porque me era imposible tipear con las manos sucias.

> Me apunto. Te veo en una hora.

5

JOY

—...Y no tenía azúcar, ¡tenía sal! —exclamó Marina.

No me contuve las risas al imaginarme al cliente comiéndose un pastel que sabía tan horrible.

Estábamos detrás de la casa principal del Rancho Wolf, donde el césped tenía tumbonas con mullidos cojines que daban al granero y a los campos más allá. Un lugar precioso. El sol bajo, en el horizonte, resplandecía entre los árboles.

Marina vivía aquí con Colton, su pareja, junto con Rob, el hermano de Colton, y su esposa, Willow. Había una barraca junto al granero en la que vivía un grupo rotativo de peones del rancho. Había oído que los únicos que se alojaban allí de momento eran Johnny y su esposa Emma.

—Si no estás trabajando la cerámica, ¿qué has estado haciendo? Parece que ha pasado una eternidad desde la última vez que nos vimos. —Levantó un dedo —. De hecho, esa vez estaba nevando. Recuerda que Colton tuvo que recogerme en tu casa.

Asentí.

—Sí, lo recuerdo. Fue una tormenta.

Se acercó con la botella de vino y me sirvió más en la copa.

—En cuanto a lo que he estado haciendo, pues trabajar —le dije—. Trabajar y trabajar.

Ya le había contado lo del envío que se rompió.

—Pasar todo el tiempo en el garaje no es divertido, Joy.

Me encogí de hombros.

—No es el garaje, es mi estudio. Tú pasas el día en la cocina, horneando.

Meneó las cejas.

—Colton me saca de ahí y me lleva a hacer otras cosas.

Sonreí.

Nada más me imaginaba la forma en que la sacaba —seguramente echándosela al hombro— y las cositas que hacían.

—Me encanta que tengas a Colton —dije, suspirando.

—Tenemos que conseguirte un hombre.

Al instante recordé al señor Toalla, mi vecino. Menudo hombre que era ese. Ayer por la noche me fui a la cama pensando en él. Cielos, le había visto la polla y ni siquiera habíamos quedado. Sabía que estaba bien dotado, que era guapísimo, literalmente cada centímetro suyo lo era. Aparte de su mal humor, sabía que era bueno con su niña, que era protector y mandón. Me había tocado pensando en él... sin la toalla. Me lo imaginé gruñendo, mandoneándome. Y lo mucho que me gustaría, lo que me iba a correr cuando me lo ordenara.

Y que...

—Tierra llamando a Joy. ¿Adónde te has ido? ¿Y dónde consigo un boleto para hacerte compañía? —preguntó.

Suspiré.

—Perdona. Estaba pensando en mi nuevo vecino.

—¿Ah, sí? —Pareció intrigada—. ¿Bueno o malo?

—Bueno. Buenísimo.

Y de repente fue como si con nombrarlo lo invocara.

Mi vecino acababa de salir del granero. No estaba

tan cerca, así que a lo mejor yo necesitaba gafas, pero a ese espécimen lo reconocería donde fuere. Y...

¡*Era* él! Galopaba como un caballo de mentiras con una niña detrás.

—Él. —Señalé con el dedo.

Marina sacudió la cabeza.

—¿Wes? —jadeó—. ¿Él es tu nuevo vecino? ¿En serio?

Wes. Nunca supe su nombre. Asentí con la cabeza.

—Imposible pasar por alto el pelo rojizo.

—Madre mía de mi vida, es guapísimo. Sé que estoy con Colton y él es perfecto, pero ciega no estoy. Si te gustan los pelirrojos malhumorados, él es.

—¿Es...malvado? —pregunté, pensando en la pequeña Remy. Era tan dulce y linda, que no quería que nadie fuese malo con ella, mucho menos su padre.

—¿Malvado? —Se rio—. Noooo. Distante y arisco, sí. No es tímido, es más como introvertido. A ver, que es gruñón. Pero míralo con su hija, dime si no hace que se te derrita el corazón.

Wes la cargaba en la espalda, jugando a que era un caballo. Desde aquí la escuchaba reír.

—¿Dónde está la madre de Remy?

—Se marchó —murmuró sacudiendo una mano —. Abandonó a la niña justo después de que naciera, según escuché. Sospecho que por eso Wes es tan gruñón. Participó en el circuito de rodeo siendo padre soltero por tres años y medio, verás.

—¿Estuvo en el rodeo? —chillé, pensando en uno de los lugares más ardientes. ¿Ese tío subido en la espalda de un toro...?

—Sí. —Marina se ventiló con las manos y se rio.

—¿Llevaba a la niña por todo el país? ¿Me lo dices en serio? —Me les quedé mirando a los dos antes de que desaparecieran en el granero—. ¿Cómo lo hizo?

—No sé tanto. A ver, el rodeo paga bien, y supongo que estaba ahorrando para poder comprar esa casa junto a la tuya, pero el circuito no es precisamente el lugar ideal para un bebé o una niña pequeña.

Negué con la cabeza.

—No me lo puedo imaginar. ¿Cómo acabó aquí?, ¿por medio de Boyd?

Todo el mundo en Cooper Valley sabía que Boyd Wolf había sido una estrella del rodeo antes de conocer a Audrey, su esposa, y retirarse del circuito.

Marina bebió un sorbo del vino y asintió.

—Exacto. Boyd vio a Wes la última vez que el rodeo se hizo en el pueblo y, cuando se enteró de que Wes tenía una niña de cuatro que viajaba con él, le ofreció un puesto de capataz aquí. Creo que Boyd y Rob inventaron el puesto para él, porque no es que Boyd o Colton no pudieran hacer ese trabajo.

El corazón se me derritió más. Wes no solo era un héroe por criar solo a su hija estando de viaje, sino que todos en el clan Wolf eran héroes por preocuparse tanto por su hija, como para crear un puesto bien remunerado para él y sacarlo de la espalda de un toro. Eso no podía ser seguro.

—No es muy parlanchín, pero le sonsaqué que, aunque el sueldo del rodeo era bueno, se sentía aliviado por dejarlo porque sabía que era hora de que Remy fuera al cole e interactuara con otros niños.

—Se ve que es un hombre íntegro.

Marina me miró. El cabello oscuro le resaltaba los ojos.

—Cariño, es un buen hombre. Rob no lo habría contratado si no lo fuera. No habría durado ni un día aquí, y tú lo sabes.

Todos los hombres del Rancho Wolf eran buenos, atentos con sus mujeres, grandes y musculosos. Quizás un poco intimidantes, pero Marina tenía razón: no dejarían que un gilipollas trabajara aquí.

—¿No tiene novia? —le pregunté a Marina con una sonrisa—. Es para una amiga.

Me devolvió la sonrisa.

—No tiene novia. Que yo sepa, no ha salido con nadie desde que llegó aquí. Creo que Remy acapara toda su atención, pero nunca se sabe. Eso podría cambiar cuando conozca a la guapísima vecinita. —Se levantó—. Vamos, ¿quieres que te lo presente?

Le dediqué una sonrisa irónica y me quedé sentada donde estaba.

—Ya nos conocemos. Y, sinceramente, no me pareció haberle impresionado en ese encuentro.

¿Pero a mí? A mí sí que me impresionó mucho.

Marina hizo un gesto con la mano para restarle importancia.

—Bueno, como te he dicho, es gruñón. No dejes que te baje los ánimos.

¿Bajarme los ánimos? Quizá me los subiría, más bien.

6

WES

U n t r u e n o que sacudió las paredes de la casa estalló apenas un instante después del destello del relámpago. Llevaba unos diez minutos formándose. Esta vez se desconectó la electricidad.

Joder.

Me fui a la cocina nada más con unos pantalones de pijama para buscar una vela por si Remy se despertaba para ir al baño. Tenía una en un tarro de cristal en algún sitio. Las velas no eran lo mío, pero Remy me había rogado que la comprara en la tienda la semana pasada.

Ahí estaba. Encontré la vela y la encendí. No tenía aroma, así que al menos no iba a tener que soportar olores sintéticos que volvieran loco a mi lobo.

Coloqué la vela encima de la mesa de la cocina para usarla como luz nocturna. Afortunadamente, Remy dormía como un tronco luego de que la acostaba. Si la tormenta hubiera ocurrido cuando intentaba acostarla, se habría asustado mucho, pero aún no se había despertado. De repente, me encontré mirando por la puerta corrediza de cristal hacia la casa contigua. Pensaba en si Joy estaría bien. Era una tontería. Mi vecina era una adulta. No iba a asustarse por una tormenta de verano.

Aun así, el viento silbaba por los conductos de ventilación y azotaba las ramas de los árboles de la vivienda. Pude oír el fuerte golpe de una al desplomarse en el lateral de la casa de Joy. Mi parte protectora se preguntaba si necesitaría algo. Era humana y, por ello, vulnerable al peligro.

Pero ¿qué tipo de peligro me preocupaba? Tampoco era que el viento le iba a derrumbar la casa, y las posibilidades de que un rayo le cayera en el techo eran escasas, ya que había árboles más altos en los alrededores.

Yo era el lobo feroz. Sabía todo al respecto.

Ella estaba bien.

Si estaba asustada, no era mi problema. No iba a correr a su casa para abrazarla y decirle que todo iba a estar bien. Ese trabajo se lo podía dejar a otro.

El problema fue que solo pensar en abrazarla me provocó una sensación visceral que se tradujo en placer, como si mi lobo quisiera que la pequeña vecina humana se asustara y temblara en mis brazos, que acudiera a mí en busca de consuelo.

Una locura.

Sin embargo, la idea de que otro le ofreciera ese consuelo me ponía los pelos de punta. Ni de coña. Pero era solo porque no me gustaba que hubiera desconocidos cerca de mi casa. Tenía a una niña pequeña aquí. No estaba celoso de que algún desconocido consolara a mi vecina. Solo era un padre sobreprotector.

Sí, eso era. Me pasé la mano por la cara y suspiré.

Mientras, la lluvia azotaba las ventanas y el techo. Un rayo volvió a destellar al mismo tiempo que retumbaba un trueno.

Mi lobo soltó un gruñido instintivo, listo para proteger y defender a mi familia de la tormenta. Recorrí la casa y vigilé a Remy. No necesitaba una vela con mi visión nocturna de lobo para verla acurrucada bajo su edredón lavanda con la mano en la cabeza.

El viento soplaba con fuerza, provocando que las ventanas traquetearan. De repente, oí un fuerte crujido y el sonido de cristales rotos.

El grito de una mujer.

Joy.

Joder. ¿Qué había pasado?

Miré una última vez a Remy para asegurarme de que estuviese profundamente dormida, recorrí la casa a toda velocidad y abrí la puerta corrediza. Afuera estaba completamente oscuro, pero mis ojos lobunos se adaptaron a la oscuridad mientras corría hacia la casa contigua con la lluvia torrencial azotándome la cara.

Otra vez, iba a casa de Joy empapado.

—¡Joder!

Un árbol entero, uno que tenía en el patio, se había caído encima del techo de Joy. El techo y parte de la pared adyacente se habían derrumbado y rompieron el cristal de su ventana. Una enorme rama del árbol estaba mitad dentro, mitad fuera de su casa.

¡Hostia!

—¿Joy? —grité al mismo tiempo que volvía a tronar.

No me oía. Era humana y le podía haber pasado algo.

No corrí a tocarle la puerta, no esperé a que me diera permiso o me invitara a entrar.

Eso no importaba un ápice.

Simplemente salté por su ventana rota, tras trepar por la rama del árbol para llegar hasta allí. Cuando pateé los trozos de cristales para pasar, el grito de Joy sonó justo cerca de mí y a la derecha.

—¡Joder! —Me alejé de la ventana rota y aterricé en un montón de escombros sobre una cama—. ¿Joy?

Estaba debajo de los escombros, tratando de salir.

No, cielos.

—¡Joy! —Me abalancé sobre ella, apartando las láminas de yeso que habían caído del techo para llegar hasta ella. La rama del árbol no se movía tan fácil, pero, gracias al cielo, no la había atravesado a ella.

Se levantó a rastras de la cama, en dirección al pequeño espacio que quedaba entre la cama y la pared.

—¡Dios mío! ¿Qué ha pasado?

La lluvia y el viento arremetían sacudiendo las cortinas.

Diablos. ¿Ella había estado *en la cama* cuando le cayó el techo encima...?

Me incorporé de un salto, tiré de la cama hacia mí y la puse de lado para poder llegar hasta ella, olvidando esconderle mi fuerza sobrehumana. Olvidé todo, excepto llegar hasta mi frágil vecina, antes de que resultara gravemente herida. Quizás ya lo estuviese y yo aún no lo sabía. Se podría haber cortado. Podría estar sangrando. O peor.

—Joy, ven aquí. —La cogí en brazos y la saqué del dormitorio, alejándola del techo que colapsaba.

Cuando me rodeó los hombros con los brazos, mi lobo se calmó. Percibí con mucha claridad su aroma a miel y otro rayo estalló, pero esta vez dentro de mí. Fue como si todas mis células se despertaran al mismo tiempo. Me sentía electrificado. Algo se encendió en mi interior.

Joder, qué bien olía.

Olía a... *perfección.*

Jamás me pareció que alguien, humano o lobo, oliera mal, pero esto olía *muy bien.*

De repente, me resultó imposible tragar saliva.

Igual de imposible era soltar a Joy. No estaba segura aquí, en esta casa destrozada. Los dos estábamos empapados, y además, cubiertos de yeso y escombros. Peor aún, ella podía tener una conmoción cerebral o cortes y estar sangrando. Tenía que llevarla a mi casa para examinarla. De ninguna manera nos quedaríamos allí.

Sin decir palabra —algo habitual en mí— salí pisando fuerte por su puerta, descalzo, y llevando a

Joy en brazos hacia la mía. Una vez en el interior, cogí la vela encendida de la mesa de la cocina de camino a mi cuarto de baño. Solo me detuve para mirar a Remy, quien seguía durmiendo, ajena a todo. Luego, bajé a Joy con cuidado, la puse de pie y dejé la vela en el tocador para empezar a quitarle del pelo trozos de madera y yeso. Le sujeté el codo con una mano porque parecía que no se podía mantener en pie.

—Ha... ha caído un árbol en mi techo. —Joy, claramente conmocionada, todavía intentaba asimilar lo que acababa de suceder.

Yo no era alguien que hablara mucho, pero me obligué a decirle algo porque la situación requería una respuesta. Ella se merecía mi respuesta.

—Sí.

—Mi techo está... Mi casa...

Parecía desconcertada.

—¿Estás bien? —le pregunté mientras la observaba lentamente. Tenía el cabello rubio empapado, pegado al rostro, cubierto por el polvo blancusco del yeso del techo; los brazos y las piernas llenos de más escombros que no se habían escurrido con la lluvia. Vestía un pijama que consistía en unos pantaloncillos muy pequeños y una camiseta ajustada. Ninguna de las dos prendas ocultaba sus curvas exuberantes. El hecho de que ambas estuvieran empapadas significaba que podía verle los pezones, cada relieve, conocer el tamaño y el color.

Se me hizo la boca agua por probarlos. Más abajo, la tela se le adhería a los pliegues de la entrepierna.

Joder, ella era la perfección. Mi lobo quería follársela en el acto, pero me quedaba suficiente capacidad cerebral —ya que toda mi sangre se había concentrado en mi polla— para saber que no era el momento.

Joy examinó su cuerpo junto conmigo. Se llevó la mano a la frente para frotarse un bulto que se le estaba formando e hizo una mueca de dolor.

—Parece un moratón. —Suavemente, le aparté el cabello mojado de la cara para revisarlo—. ¿Te duele en algún otro sitio? —Suavicé mi voz como lo haría si estuviera hablando con Remy después de que se cayera. Le giré la barbilla de un lado a otro para examinar si tenía otros golpes y le pasé los dedos por la parte posterior de la cabeza—. ¿Sabes cómo te llamas? ¿Cuándo es tu cumpleaños? —Intenté recordar el protocolo de los médicos del rodeo cuando nos hacían preguntas después de una caída.

Ella soltó una risa casi histérica.

—Sí. Joy Wallace. El trece de marzo.

—Vale. —Seguí examinándola. No parecía tener ningún hueso roto ni cortes abiertos que yo pudiera ver, aunque era muy difícil darse cuenta cuando mis ojos no dejaban de volver a sus pezones.

—Soy Wes —recordé decirle, ya que no me había presentado el día anterior—. Weston Sparks.

—Lo sé. Soy amiga de Marina, del Rancho Wolf. De hecho, anoche estuve allí y os vi. ¿Y Remy está bien?

—Sí, está bien dormida.

Giró la cabeza en dirección a su casa, como si aún intentara asimilar lo que había pasado.

—¿Entraste por mi ventana?

Asentí con la cabeza.

—Sí. Oí el estruendo. ¿Estabas en la cama cuando ocurrió?

—Intentaba dormir, pero el trueno me despertó. Y de repente, el techo se me cayó en la cabeza.

—De todos los sitios en los que podía caer el árbol... —Mi voz se volvió áspera por la feroz necesidad de volver corriendo y protegerla de nuevo. Pensar en lo que podría haber pasado si hubiera quedado aplastada bajo el peso del techo volvió loco a mi lobo. Era un milagro que no le hubiese pasado nada.

—Está... está lloviendo dentro de mi casa ahora mismo.

—Lo sé. No hay nada que podamos hacer esta

noche. He apartado la cama, así que no hay nada debajo del agujero.

Ella asintió.

—Gracias —dijo con una voz suave y sincera.

Cielos. La forma en que pronunció esa palabra me hizo sentir un nudo en la garganta. Como si significara algo para ella. Joder, me había equivocado al pensar que no tenía que ser yo quien la consolara, porque en ese momento estaba claro que sí.

—Debí esperármelo —dije, con ganas de darme un puñetazo en la cara. Joder, me había quedado en mi cocina y había decidido intencionalmente *no* ir a ver cómo estaba—. Escuché la rama caer en tu casa, pero no pensé que...

—¿Cómo se lo podría haber esperado alguien? —Su voz volvió a tener ese tono de risa histérica.

Ya le había quitado la mayor parte de los escombros, y una nueva urgencia, una más oscura, comenzó a luchar con mi necesidad de cuidarla ahora que había logrado eso.

Me aclaré la garganta.

—¿Quieres ducharte para sacarte el resto de la suciedad? —Intenté no imaginarme quitándole ese bonito pijama tan mojado, metiéndome en la ducha con ella y dándole el jabón. No, la imaginé enjabonándola yo mismo, revisando cada centímetro de su cuerpo para asegurarme de que no le hubiese pasado nada. En realidad, la imaginé lamiéndola.

—Sí. —Su voz también sonó ronca—. Eh, me parece bien.

Vale.

«Muévete, Wes. No te quedes ahí parado mirando a tu preciosa vecina».

Abrí el armario y saqué una toalla doblada. Al menos, ya había puesto casi todo en su sitio y tenía una toalla para adultos que ofrecerle. Aunque no me importaría verla con una toalla diminuta. ¿Y si quería enseñarme el coño?

Carraspeé.

—Aquí tienes. Voy a prepararte un chocolate caliente.

¿Chocolate? ¿Por qué le ofrecí eso? No tenía cuatro años.

—¿O té? Joder, ¿un whisky?

Me recompensó con una sonrisa temblorosa.

—El chocolate caliente suena maravilloso.

Vale, no iba tan desencaminado. Me incliné por encima de ella para abrir el grifo de agua caliente de la ducha y luego me obligué a salir.

Me quedé tras la puerta del baño, escuchando, para asegurarme de que estuviera bien, de que no se fuera a desmayar y se golpeara la cabeza. Intenté no imaginármela desnuda.

No me permitía preguntarme si su piel sabría tan dulce como olía.

No había lugar en mi vida para una mujer.

Además, todo el mundo conocía la regla de los humanaos: *no se sale con los vecinos*.

Pero mi lobo me decía que yo no era humano.

7

JOY

ME QUEDÉ parada bajo la lluvia de agua caliente. Todavía seguía en shock, no podía ser de otra manera. Me temblaban las manos mientras me las pasaba por los brazos para quitarme la arenilla. Me sentía desconectada de mi cuerpo. Un poco aturdida. Tenía pensamientos en la cabeza, pero iban y venían sin conectarse entre sí.

Me obligué a repasar lo que había sucedido para volver a la realidad.

Estaba durmiendo, pero la tormenta me despertó. Miré el reloj que tenía al lado de mi cama, pero se había apagado, así que debía de haberse ido la electricidad.

Claro. ¿Cómo no me había dado cuenta? En esta casa también se había cortado, lo cual explicaba por qué me duchaba a la luz de una vela en el cuarto de baño de mi guapísimo vecino. ¡Vaya!

A ver...

¡Dios mío! Wes. Vaya héroe que resultó.

Volví a repasar todo desde donde me quedé: el techo me había caído encima. Hubo un fuerte estruendo. Techo cayéndose. Lluvia. Mis gritos. Luego empujé unas pesadas tablas y el yeso que me cubrían y me levanté de la cama. De repente, un hombre gigantesco entró por mi ventana en pantalones de pijama y tumbó mi cama de lado como si fuera el Increíble Hulk.

No me consideraba una damisela en apuros, pero ¡qué épico! Y sí, definitivamente, hizo que mi atractivo vecino fuera aún más atractivo. ¿Era posible? ¿Desnudo con una toalla de niña antes y saltando por ventanas rotas en pantalones de pijama?

Marina tenía razón: era brusco, pero amable. Intenso. Protector. Solidario.

Me sentía segura en su casa; cuidada, en su ducha. Por una vez, alguien me estaba cuidando y se sentía... bien.

Cuando terminé de ducharme, los temblores fueron disminuyendo. Aún así, me sentía rara. Tenía la sensación de que algo grande se me había atascado en el pecho o en la garganta. Como si, de alguna manera, la tormenta hubiera entrado en mi cuerpo y ahora necesitara una buena llorada para sacarlo todo.

Cerré el grifo y me sequé con la toalla. No podía ponerme el pijama empapado y sucio que llevaba puesto antes.

Un ligero golpe sonó en la puerta y el pomo giró. La mano de Wes, seguida de un fuerte antebrazo musculoso, se deslizó por la rendija con una camisa de franela.

—Aquí tienes, por si necesitas algo que ponerte.

Solté una risa ronca y cogí la camisa. Debía de haber estado esperando a que cerrara el grifo para dármela.

—Sí, gracias. —La tela era suave y estaba gastada. Me la acerqué a la nariz y olí la franela.

Olía picante y oscura. Masculina. Olía a Wes. Me gustaba que fuera suya.

Metí los brazos por las mangas y me cubrió los hombros como una manta cálida. Me llegaba hasta la mitad del muslo y también tuve que remangarla.

Abrí la puerta y la luz de la vela iluminó a Wes, de pie en el pasillo, apoyado en la pared de enfrente, frotándose la nuca con una mano, como si no supiera bien qué más hacer. También se había secado y cambiado, y vestía otros pantalones de pijama diferentes. Sus tatuajes volvían a estar a la vista.

—¿Estás bien? —preguntó.

En la oscuridad, la escasa luz de la vela me permitía ver cómo su mirada recorría mi cuerpo, como si volviera a revisar que no me había pasado nada.

Había sucedido algo malo, pero no lo estaba pasando sola. No había quedado atrapada en el caos. Estaba a salvo y podía afrontar los problemas que surgirían mañana. No tenía que estar alegre y sonriente. No tenía que ser fuerte de momento.

Ay. Sus dos palabras hicieron que se me llenaran los ojos de lágrimas. Aunque necesitaba sacar esa energía de alguna manera, llorar era lo último que quería hacer con mi vecino. Llorar nunca resolvía nada. No estaba herida. Estaba bien, entera.

Agaché la cabeza.

—Es que... creo que estoy nerviosa por la adrenalina que tengo en el cuerpo y... sí, siento que necesito correr una maratón o algo así.

—Tienes que sacarla —dijo, como si fuera veneno.

Levanté la vista.

—¿Qué?

—El exceso de adrenalina. Si no, te derrumbarás.

Sacarla. Exacto. Necesitaba deshacerme de ese exceso de adrenalina. De repente, supe exactamente lo que tenía que hacer.

Actué por impulso. Tenía el cerebro demasiado bloqueado para pensar demasiado en ese momento. Simplemente me acerqué a Wes y le bajé la cara hacia la mía. Nuestras bocas chocaron. Di todo de mí con agresividad. Metí un poco de lengua. Su brazo me rodeó la cintura y la camisa desabrochada que me había dado para que me pusiera se abrió, dejándome al descubierto ante él. Pero se echó hacia atrás, rompiendo el beso.

—Guau.

Inmediatamente le solté el cuello y me relamí los labios.

—Lo siento. —Empecé a alejarme, pero él utilizó el brazo que tenía en mi cintura para que no me moviera—. Lo siento, es que...

Me miró a la cara; el parpadeo de la tenue luz hacía que las duras líneas de su mandíbula parecieran aún más marcadas.

—...solo necesitaba desahogarme, como tú has dicho.

—Te entiendo.

—¿Y Remy? —pregunté, mirando por encima del hombro hacia el pasillo—. ¿Sigue bien?

Sonrió.

—Sigue durmiendo plácidamente. Si puede dormir con una tormenta como esta, puede dormir mientras te follo bien duro.

Sí. Quería que me follara bien duro. Wes encima de mí, dentro, sin contenerse.

—Sé lo que necesitas —añadió, entrando en mi espacio.

Respondió con sus labios. Un contraataque tan contundente como el mío y mucho más. Cuando su mano se posó en mi culo desnudo y lo levantó, envolví mis piernas alrededor de su cintura y él me llevó a su dormitorio.

Deseaba a Wes. Quería esto. Lo necesitaba.

8

WES

JODER, sí, sabía bien. Sabía tan rico como su aroma, que se esparcía por toda mi piel. Mi lobo casi que aullaba de satisfacción. Tenía la polla dura como un martillo. El culo de Joy era una delicia, exuberante y redondo. Sus pechos estaban pegados contra mi pecho y podía sentir sus pequeños pezones duros.

Sedienta de mí, su boca se encontró con la mía con la misma intensidad. Cuando sus manos recorrieron mi espalda desnuda y mi pecho, mi piel se encendió por todas partes.

Después de cerrar la puerta detrás de nosotros, la tumbé en la cama, solo interrumpiendo el beso cuando ya no era suficiente. Necesitaba saborear el resto de ella.

Mi boca se movió hacia su mandíbula, su cuello, sintiendo su pulso frenético bajo mis labios. Luego bajé más hasta su clavícula.

Aunque tenía los brazos metidos en la camisa de franela que le había dado para que se pusiera, no servía para cubrirla. Para mí estaba desnuda.

Me metí un pezón en la boca y lo chupé fuerte. Con la mano acaricié el que había quedado desatendido, pellizcándolo, probando para ver cómo le gustaba. ¿Le gustaba suave o tendría un lado salvaje?

Tenía la sensación de saber la respuesta porque jadeó con el juego brusco. Se retorció. Gimió.

Cambié de lado.

Joy empezó a agitarse, pasándome las manos por el pelo.

—Wes —gimió.

Bajé más, rodeé su ombligo con la lengua. Luego me dejé caer al suelo. Tirándola suavemente por los tobillos, la atraje hacia mí y rodeé sus muslos con los brazos. Su aroma era más intenso allí. Tenía el coño abierto, preparado, húmedo, y no por la ducha ni por la tormenta.

Pasé la yema de un dedo por el centro, llenándola de sus dulces jugos, luego me lo llevé a la boca. Joder, qué bien sabía. Qué dulce sabía, cielos. Me chorreó líquido preseminal de la polla por la necesidad de penetrarla y sumergirme allí.

—¿Todo esto es para mí, tesoro?

—¿Tesoro? —repitió Joy con la voz entrecortada.

—Eso es lo que tienes aquí: un tesoro exquisito. —Volví a pasarle la lengua por sus jugos—. Esto es lo que vamos a hacer: te voy a lamer tanto el coño hasta que te corras en mi cara. Luego te voy a follar.

—Estoy lista. —Bajó la mirada a mi cuerpo. Las tetas le subían y bajaban con cada respiración.

—¿Para mi polla? Ni siquiera la has visto todavía para saber lo que te espera. Tengo que prepararte para mí.

Sus labios esbozaron una lenta sonrisa.

—Ayer tuve un adelanto —recordó.

—Cariño, ayer no estaba empalmado.

Los ojos le brillaron al darse cuenta. Lo que había visto no era lo que yo iba a darle ahora.

—Enséñamela.

Le solté los muslos y me coloqué entre sus rodillas separadas. Me bajé los pantalones del pijama y cayeron a mis pies.

Agarrando la base, me froté la polla de la raíz a la punta. Me tomó tiempo porque era grande. Muy grande. Las mujeres con las que había estado en el pasado pudieron conmigo, pero no había sido fácil. Les tenía que gustar duro. Les tenía que gustar bien adentro. Les tenía que... Joder, les tenía que venir bien no poder caminar al día siguiente.

—Ay, por Dios. —Joy se relamió los labios.

Se levantó y se puso de manos y rodillas para mí. Entonces asomó la punta de la lengua.

—Joder —gruñí y derramé un poco de líquido preseminal en sus labios. Sí que era salvaje.

Su mirada pasó de la mía a ver su boca a un centímetro de mi polla... Me iba a correr así.

—No. Chica mala. —Me acerqué y le di un azote en el culo. No fue un azote tan fuerte, pero el chasquido hizo eco.

Gimoteó.

—Pero es tan grande, me la quiero meter a la boca, quiero probarla...

Tenía que dejar de hablar. No podía soportar más de lo que quería hacer con su boca y mi polla. Tal vez si se la metía en la boca se callaría.

Pero no.

No. Necesitaba probarla, hacerla correrse con mi cara entre sus muslos. Necesitaba de alguna manera incrustar su aroma en mi piel y que me chorrease por toda la barba.

—Si quieres meterte mi polla hasta la garganta,

puedes hacerlo más tarde cuando tengas el coño tan dolido por la follada y necesites tiempo para recuperarte. Como sigas portándote mal, te termino follando por el culo.

Cerró la boca, pero no se ruborizó ni me dijo que no. De hecho, se retorció, y mi olfato de lobo captó un gran brote de excitación.

Le gustaban esas ideas. Le gustaba que le dijera guarradas, que tomara el control y la maniobrara.

Tal vez hasta ser una chica mala. Tal vez hasta hacer mío su culo algún día.

—Por ahora, cariño, haz lo que te digo.

Agarrándola por las axilas, la levanté y la puse de espaldas. Jadeó, pero también soltó una risita. La volví a colocar en posición y la sujeté con fuerza para que no pudiera moverse. Oh, la dejaría levantarse si realmente lo quisiera, pero no lo hizo. Yo lo sabía. De alguna manera, sabía lo que necesitaba. La sujeté para que apenas pudiera retorcerse cuando metí la boca en su sexo y se lo comí de una vez.

9

JOY

Joder.

JODEEEER.

Esto no era sexo. Imposible. O lo había estado haciendo todo mal y con las personas equivocadas.

Wes... Dios mío, su boca, sus manos, su cuerpo... Su polla. Las obscenidades que me decía.

Todo era la gloria.

Era tan mandón en la cama como fuera. De hecho, no se había acostado todavía, seguía de rodillas en el suelo y ya había logrado que me corriera dos veces; solo con la boca y la lengua. Ahora me había metido un dedo y con la lengua me hacía cosas en el clítoris que no creí que fueran posibles.

Un dedo seguido por otro y otro. Bien profundo, girando, estirando.

Yo solamente me quedé allí aceptando todo.

Nada más porque el mandón me lo ordenó.

Y mi coño lo AMÓ.

El tercer orgasmo me recorrió entera, haciéndome sudar y revolverme, pero Wes no había terminado. Eso era solo la primera parte de lo que dijo que había planeado.

Luego... vino la follada.

Me alzó como si pesara como una pluma y no fuera la chica de *talla grande* como siempre me decían que era y me dejó con la cabeza descansando en las almohadas. Y ahora... por fin se subía encima de mí.

—Manos en el cabecero. —Cogió una de mis muñecas y la levantó. Lo hizo con sutileza, y eso que la razón por la que estaba sujeta a la barandilla era porque él no planeaba ser sutil en lo absoluto por mucho tiempo más.

Levanté el otro brazo y rodeé con los dedos la sólida madera.

Luego se sentó sobre sus talones entre mis muslos abiertos y se acarició la erección, como si me estuviera provocando. A continuación, se estiró hasta el cajón de la mesilla de noche.

—Voy a usar protección para ti, cariño, pero quiero que sepas que estoy sano.

—Yo tomo la píldora —le dije.

Me miró un momento, como si se lo estuviera pensando, pero fue muy breve, porque tiró el preservativo por encima del hombro, el cual aterrizó contra la pared.

—En ese caso, voy sin nada.

Sonreí. Este tío era todo un vaquero y me encantaba.

—¿Estás lista?

Asentí.

—Sí, por favor. Lo necesito.

—Así es, lo necesitas.

Puso una mano junto a mi cabeza, se movió sobre mí y tanteó en la entrada.

—Acepta todo de mí como una buena chica.

De repente me llenó. No lentamente, sino de una sola embestida.

—¡Wes! —grité mientras mi espalda se arqueaba. Tenía la mirada fija en la mía.

Me observaba. Inmóvil.

Tuve que retorcerme para adaptarme a su tamaño, mientras los confines de mi sexo se estiraban para acomodarse a él. Wes era tan grande que llegaba a lo más profundo. Había tenido razón; si no me hubiera preparado con esos orgasmos y dedos, a pesar de haber estado mojada, habría sido demasiado.

Él lo sabía. *Lo sabía.*

¿Y ahora? Era mucho, pero increíble, especialmente cuando retrocedía lentamente y volvía a penetrarme. Lo repitió una y otra y otra vez, hasta alcanzar un ritmo frenético. Nuestros cuerpos chocaban juntos. Nuestras respiraciones se mezclaban. Tuve que agarrarme fuerte al cabecero para no moverme.

Esto era lo que necesitaba para sacar la tormenta de mi pecho. Esto era ser bien follada.

—Hostias.

Entonces se detuvo, enterrado en lo más profundo.

Tuve un segundo para preguntarme por qué, pero luego me giró hasta que yo quedé encima y él apoyado contra la cabecera, casi sentado, conmigo en el hueco entre su pecho y sus rodillas dobladas.

—¡Ahhhh! —dije, mientras su polla así me perforaba más. Apoyé las manos en su pecho, me incliné hacia él y lo besé.

No podía quedarme quieta. Tenía que moverme. Me retorcí mientras nuestras lenguas se enredaban, pero cuando intenté levantarme, tuve que sentarme. Sus manos se dirigieron a mis caderas para ayudarme a marcar un ritmo. Arriba, abajo, en círculos. Me frotaba el clítoris con la base, y estaba cerca otra vez. Wes lo sabía. Entonces empezó a levantarme y dejarme caer, mientras sus caderas se balanceaban para encontrarse conmigo.

—Así, fóllate con mi polla. Cada centímetro, cariño, te estoy dando cada centímetro. Es toda tuya.

Mis pechos rebotaban. Eché la cabeza atrás. Sentía cada segundo.

Llena de sudor, sucios los dos.

Perfecto.

Cuando volví a correrme, sentí que me mojaba más. Grité y continué moviéndome, alargando el placer. Wes me agarró más fuerte empujando profundamente, hasta que se aferró a mí y gruñó. Literalmente gruñó. Sentí su estruendo bajo mis manos en su pecho; sentí su polla engrosarse justo antes de que los chorros calientes de su semilla me bañaran.

Cuando me desplomé sobre él, me rodeó con sus brazos. Podía sentir los latidos de su corazón. Su calor. Su fuerza.

Los sonidos de la tempestad volvieron a mí. El aullido del viento. La lluvia. Un trueno lejano. Pero la tormenta ya no estaba dentro de mí.

Ya no sentía las lágrimas atoradas en la garganta,

ni la presión de los impulsos de lucha o huida atrapados que antes aletearon como pájaros en mi pecho.

Wes se desplomó para que nos acomodáramos en la cama y nos echó las mantas por encima. Seguíamos conectados mientras me besaba la coronilla.

—¿Mejor?

—Mucho —murmuré.

—Preparé chocolate caliente cuando estabas en la ducha, por si aún te apetece.

Ya tenía los ojos cerrados.

—No, estoy bien.

Aquí en los brazos de Wes, en su cama, me sentía segura.

Me sentía... follada. Seguramente iba a estar caminando raro mañana.

Con una sonrisa me sumí en la tierra de los sueños.

10

WES

ME LEVANTÉ AL AMANECER, antes de que Remy se despertara, y me quedé mirando a la bella durmiente en mi cama. El largo cabello rubio de Joy se esparcía por mi almohada como las hebras de oro de los cuentos de Remy, como el color del sol de verano. Del caos y la felicidad.

Era una presencia tan brillante en mi cama. Incluso dormida, Joy emanaba sol y hacía contraste con mis oscuras nubes de tormenta, con el funcionamiento mecánico de poner un pie delante del otro día tras día para que todo fuera estable para mi cachorra.

Pero anoche Joy me necesitaba. Nuestro interludio fue... inesperado.

Obviamente, no lo planeamos.

Pero, cielos, qué bueno fue.

Se sintió tan bien.

Joy era una amante insaciable. Apasionada. Inventiva. Salvaje. Desde el primer beso sentí que la conocía instintivamente; qué necesitaba, qué le gustaba, qué la excitaba. Todo lo que ella quería, yo también lo deseaba.

Tenía su aroma por toda la piel. En mis sábanas. Por todo el dormitorio. Y, como anoche, cuando la recogí por primera vez en su dormitorio destrozado, tuve la fuerte sensación de que olía a *perfección*...

La miré fijamente, pero ahora un poco diferente.

Espera... ¡joder!

¿Era Joy...?

¿Era *mi compañera*?

Me pasé una mano por la barba. ¿Ella?

No podía ser. ¡Ella era humana! Y todo lo que yo no era. No encajábamos juntos... para nada... No podía tener una compañera predestinada que fuera tan alegre...

En mi manada natal, nadie había oído hablar de una pareja predestinada que fuera humana. Sin embargo, casi todos los tíos del Rancho Wolf, excepto Rob, tenían compañeras humanas.

Compañeras humanas predestinadas. No solo amantes, sino parejas biológicas. Hembras humanas que habían encendido la urgencia de sus lobos por marcarlas, lo cual significaba que la naturaleza quería que estuvieran juntos.

Fui criado para confiar en mi lobo, en sus instintos. Los animales sienten cosas que los humanos no pueden. Eso también se lo enseñé a Remy.

¿Mi lobo insinuaba que Joy era mi verdadera compañera? ¿La única hembra puesta en esta tierra para mí?

¿Era esa la razón por la que estuvimos tan sincronizados anoche? ¿Por eso conocía su cuerpo?

Se me erizaron los pelos de los brazos al darme cuenta. Se me hizo un nudo en la garganta ante la idea de que todo ese brillo me perteneciera a mí.

A Remy también.

Pero pensar en ella me hizo recular.

Joder. El destino nos había dado un duro golpe con la irresponsable de la madre de Remy. La madre de mi pequeña la había abandonado. Cada vez que Remy preguntaba por ella, tenía que explicarle que no era culpa suya, que no fue porque ella no fuera perfecta y adorable. Nadie debería tener ese tipo de dudas y menos un niño. No mi Remy.

Con Joy podría volver a lastimar a Remy. Herirla aún más. Si pensaba que una madre ausente era doloroso para Remy, imaginaba su confusión y dolor si creyera que iba a tener una nueva madre y luego no funcionara.

Joy no era cambiaformas. No entendía lo que era una compañera, ni cómo era que el destino supuestamente nos unía, ni que yo debía marcarla e incrustarle mi olor para que fuera mía para siempre.

Ella no sabía nada de eso.

El destino pudo haber escogido a Joy para mí, pero no había ninguna garantía de que Joy me escogiera a mí, o a nosotros. Pues yo venía en combo.

El ligero sonido de piecitos golpeando el suelo me salvó de hacer algo estúpido como convertir esto en algo para toda la vida. Rápidamente salí del dormitorio y cerré la puerta.

—Hola, papi. —Remy salió de su dormitorio con la cara adormilada y el pelo revuelto como un enorme nido de pájaros.

—Shh. —Me llevé el dedo a los labios, hablando en un tono suave que sabía que los agudos oídos de mi hija escucharían—. Joy está durmiendo ahí. —Señalé la puerta cerrada.

El placer en la cara de Remy pareció resumir lo que sentía yo al tener a Joy aquí. Sus ojos se iluminaron, y una sonrisa gigante floreció.

—¿En serio? —susurró—. ¿Se ha quedado a dormir?

La cogí en brazos y la llevé a la cocina para conversar allá.

—Sí. Anoche hubo tormenta y un árbol se cayó en el techo de su casa. ¿Ves? —Acerqué a Remy a la ventana de la cocina para que mirara. Hacía tiempo que había pasado la tormenta; el cielo de primera hora de la mañana estaba despejado y brillante. Seguía siendo sorprendente que Remy había dormido durante todo el incidente.

Remy jadeó.

Al ver los daños a la luz del día, sentí un nudo en el estómago. Parecía apocalíptico. Había una rama en la casa de Joy que había hecho un agujero en el tejado y en la pared lateral. Podía ver el armazón y el aislante empapado.

¡Joy podría haber muerto! Si fuera una cambiaformas, habría resultado herida pero se habría curado rápidamente. Pero no. Si el árbol o cualquier viga grande de la casa la hubiera golpeado, habría perdido a mi compañera predestinada.

Ese pensamiento me dejó helado. ¿Y si me hubiera

enterado de que mi compañera predestinada vivía al lado demasiado tarde?

No. No era eso. Me preocupaba que alguien saliera herido por algo así, cualquier vecino.

—¿Está bien? —preguntó Remy con la barbilla temblorosa.

Detuve los pensamientos catastróficos antes de que cobraran más fuerza porque Joy estaba a salvo en mi cama. La había traído a mi casa y le había quitado el miedo y el trauma. Me había ocupado de la seguridad y las necesidades de mi compañera, sin darme cuenta de que era mía.

—Tranquila, ella está bien. A veces tú haces grandes desastres, como esa tormenta.

—¿Puede seguir quedándose aquí?

Negué con la cabeza.

—Ella tiene su casa. Estoy seguro de que alguien va a reparar el agujero del tejado y la ventana hoy para que pueda dormir allí esta noche.

Se lo pensó un momento, aparentemente apaciguada porque preguntó:

—¿Puedo ir a ver el desastre de la tormenta?

—*No.* —Respondí con demasiada brusquedad, probablemente infundiendo mando alfa en mi voz, lo que congeló el cuerpecito de Remy. Ella era una loba con habilidades curativas superiores, pero igual era peligroso ir para allá.

Remy estaba acostumbrada a mi malhumor, pero la orden alfa hizo que se mordiera el labio y que sus grandes ojos marrones se llenaron de lágrimas.

Me invadió una sensación de arrepentimiento instantáneo.

—Lo siento, cariño. Papá no quiere que vayas porque el techo podría seguir derrumbándose. Los destrozos de esa tormenta son peligrosos. No quiero que te pase nada nunca.

Seguía con sus ojos de cachorrito herido y le di un apretón.

—No pretendía asustarte, ¿vale?

Ella asintió con el labio inferior todavía salido hacia delante de forma adorable. Esta niña me tenía atrapado con cada dedo de la mano y del pie.

La dejé sobre la encimera para besarle la cabeza.

—¿Qué es esto? —se alegró, encontrando el chocolate de Joy, ahora frío y sin tocar, en la encimera junto a la estufa.

—Se lo había preparado a Joy, pero ya no sirve. —Le quité la taza antes de que pudiera probarla y la tiré al fregadero.

—¡Espera! ¡Papi! —gritó.

—Te diré algo. Si desayunas dos huevos y dos tiras

de tocino, te prepararé chocolate caliente. ¿Trato hecho?

No solía dejarla tomar tanta azúcar ni cafeína por la mañana, pero quitarle una taza llena de chocolate de la mano y tirarla fue mucho, pero seguramente la leche se había pasado.

Se animó al instante.

—Vale.

Dejé que se quedara en la encimera mientras yo buscaba una sartén en el armario bajo.

—Buenos días.

Mi lobo gruñó con aprobación cuando Joy, despeinada por el sueño, entró en la cocina, todavía con mi camisa de franela —abotonada esta vez— que le colgaba hasta los muslos. Joder, estaba como para comérsela.

—¡Joy! —Remy saltó de la encimera y corrió hacia Joy, quien chilló de sorpresa cuando le abrazó las piernas.

Ahora que sabía que Joy era mi compañera, cada palabra que le dirigiese a mi hija era significativa.

La sonrisa automática, el brillo de su rostro y la forma en que abrazaba a Remy y le acariciaba el pelo lo fueron todo. Quería echármela al hombro y llevármela a la cama para otra ronda. Mi polla se agitó al pensar en hacerlo de nuevo.

Pero no. Necesitaba sacarla de casa antes de que Remy se encariñara.

Joder, ni siquiera sabía si Joy quería otra ronda conmigo. Anoche se estuvo desestresando, intentando sacarse la adrenalina producto del accidente. Tal vez yo solo había sido un medio para ese fin.

Ciertamente no significaba que estuviera lista para mudarse con nosotros, para que yo la marcara, ni para casarse conmigo, si era lo que hacía falta. No significaba que estuviera lista para comprometerse con mi hija.

Y eso importaba. No podía dejar que Remy se encariñara con Joy y que le rompiera el corazón si no estaba interesada en nosotros.

Necesitaba hacer todo bien. Joy era humana y no me reconocía como su pareja. Johnny, uno de los tíos que trabajaba en el rancho conmigo, me había dicho que había tenido que hacer que su nueva compañera humana, Emma, se enamorara de él. Llamó a su puerta para matar a su jefe y descubrió que era su compañera predestinada. Tuvo que cambiar, rápidamente.

«Enamorar» a una hembra humana ya era bastante difícil, pero hacerlo cuando una niña de cuatro años formaba parte del paquete era otro nivel totalmente distinto; sobre todo cuando yo no era exactamente un Romeo. Joder, no podía ser más opuesto. Tenía el peor historial con las mujeres. Me había convertido en un padre soltero gruñón que no sabía cómo planear una cita. Joder, los cambiaformas no tenían citas.

Pensándomelo bien, no había sido capaz de satisfacer a la madre de Remy, Soraya, con nada. Bien, la satisfice con un orgasmo la única vez que follamos en la carrera de luna llena, pero después, nada. Tenía necesidades y estaba casi siempre infeliz, tanto que había huido a la primera oportunidad que tuvo. Yo no era suficiente para ella. No tenía seguridad en saber cómo satisfacer todas las necesidades emocionales, físicas y sexuales de mi compañera.

¿Y una humana? ¿Con todo ese puto brillo? Se lo apagaría con todas mis nubes.

La arruinaría.

Hasta ahora, todo lo que había hecho era decirle a Joy cómo me la iba a follar y que era una chica mala por no obedecer. Ah, y le había azotado su hermoso culo. Si bien eso pudo haber sido extremadamente excitante, no había sido una cita. No era algo para siempre.

¿Quería una noche de sexo? La tuvo. Sí que la obtuvo.

Pero no tenía la menor idea de cómo enamorarla.

Ni de lograr que quisiera quedarse. Pero entonces la mirada de Joy se cruzó con la mía y su calidez hizo desaparecer todo lo demás.

La sensación de que todo estaba bien se asentó dentro de mí, expulsando mis objeciones.

—¿Te apetecen unos huevos revueltos con tocino? —pregunté, abriendo la nevera para sacar lo que necesitaba.

Miró por la ventana hacia su casa y la expresión agradable de su rostro se desvaneció.

—Tengo que hacer unas llamadas por los daños.

—La casa puede esperar —dije con firmeza, a pesar de que probablemente sería mejor para Remy si despachaba a Joy rápido por la puerta. Aun así, mi lobo no podía soportar que no se fuera alimentada, pues la necesidad de proveerla y cuidarla era demasiado fuerte—. Necesitas una buena comida antes de llamar a tu seguro y encargarte de todo ese desastre.

Remy la tomó de la mano y la llevó a la mesa de la cocina. Joy vaciló.

—Siéntate y come. —Soné gruñón, temible, y hasta intimidante. Necesitaba trabajar en ese aspecto. Joder.

Remy acercó una silla y le dio palmaditas.

—Si te comes dos huevos, podrás tomar chocolate caliente.

Para alivio de mi lobo, mi hermosa vecina se hundió en la silla.

—Tu padre es un mandón, ¿no? —Su voz era ligera, pero cuando la miré por encima del hombro, noté la calidez y la insinuación en su mirada hacia mí.

Como si *quisiera* que fuera mandón.

Como si *quisiera* que fuera el que le diera bien duro y le dijera lo que tenía que hacer.

Hasta como si le gustase ser mi chica mala de vez en cuando.

Joder, menudo lío en el que me había metido.

11

JOY

DOS HORAS MÁS TARDE, con el estómago lleno de huevos y chocolate caliente, me encontraba en mi dormitorio destrozado. Los suelos de madera se habían abombado, deformados por la lluvia. Había escombros por todas partes.

Llamé a la compañía de seguros y les envié las fotos que había sacado con el móvil. Pero no era la única cliente de la zona que había hecho un reclamo por la tormenta, así que me dijeron que mandarían a un perito en dos o tres días. Que, si podían, antes.

—Dos o tres días —murmuré, mirando fijamente mi cama volteada.

Recordé cuando Wes la había levantado y puesto de lado. Sabía de primera mano que tenía músculos sólidos, pero trabajar en un rancho seguro que lo hacía fuerte.

Los confines de mi sexo se contrajeron al recordar la pasada noche. Seguía adolorida, y durante uno o dos días no iba a olvidar lo que habíamos hecho. Todo por la tormenta. Por la adrenalina.

Porque... quería a Wes, y anoche no hubo nada que me impidiera tenerlo. Una tormenta sacó a la puta que llevaba dentro.

También derribó el techo y mi tejado. Los paneles de yeso estaban rotos cuales cáscaras de huevo por todas partes. El aislante era un montículo esponjoso y empapado en medio del suelo. Parecía un triste algodón de azúcar. Miré hacia el agujero del techo. Podía ver todavía más aislante y el armazón en el semisótano. Podía ver el exterior. Además, estaba la rama del árbol en la zona del semisótano y pequeñas ramas habían atravesado el techo y habían caído de manera desordenada por el suelo de mi dormitorio.

—Siempre he querido un tragaluz —me dije a mí misma, viendo el cielo azul por medio del agujero del tejado. No. Eso no podía quedarse. Tenía una lona en el garaje que podía poner sobre el agujero hasta que se pudieran hacer las reparaciones.

Sonó mi móvil. Lo cogí con la esperanza de que fuera el perito del seguro para decirme que alguien podría venir hoy para, al menos, parchear el tejado.

Mierda. Era mi madre.

Contesté la llamada porque nunca sabía cuál sería su estado emocional. Casi siempre necesitaba que la sacara de algún apuro y a menudo requería que la convenciera de no saltar al vacío, y no lo decía en sentido figurado, pues sufría depresión.

—Hola, mamá.

—Hola, cariño.

Podía oír la tensión del estrés en su voz.

Ay, no.

—¿Qué pasa?

Siempre pasaba algo. Ya fuera un drama entre ella y sus hermanas o su jefe, en el trabajo, o que había visto a mi padre en el pueblo. Siempre pasaba algo que la alteraba.

—Ay, cariño, no vas a creer lo que pasó. El aire acondicionado que me compraste se dañó con la tormenta de anoche.

—¡Oh, no!

En Montana, tener aires acondicionados era raro porque no hacía tanto calor. Quizás tuviéramos una semana de temperaturas incómodas, pero refrescaba por la noche, sin embargo le había comprado uno a mi madre hacía unos años porque sus alergias la ponían muy mal y le costaba dormir. Las personas deprimidas que no dormían bien podían decaer rápidamente. Sabía que el aire frío y filtrado definitivamente ayudaba con las alergias y el sueño.

—¡Es terrible! No sé qué hacer. ¿Crees que el seguro lo cubrirá debido a la tormenta?

Suspiré pensando en mi propia pesadilla con el seguro.

—Sí, pero no creo que el deductible merezca la pena.

—Ay. —Sonaba deprimida.

A la mierda. No tenía el dinero, pero ya me las arreglaría.

—Mamá, llama a una empresa de mantenimiento para que vaya y se encargue.

—No creo que pueda pagarlo si el seguro no lo cubre —dijo mi madre débilmente.

Trabajaba a tiempo parcial como recepcionista en la oficina de un contable. Antes de que mis padres se divorciaran, había sido ama de casa, horneaba galletas y participaba en la asociación de padres. Dependía de mi padre para todo. Era su dinámica. Después del divorcio, incluso después de que pasaran tantos años, nunca se recuperó. Nunca pudo cuidarse a sí misma, ni emocional ni económicamente. Lloraba, se hundía. Ella lo intentaba, de verdad que sí. Parecía que estaba organizando su vida, pero luego algo la hacía retroceder y todo volvía a desmoronarse.

No podía resolver los problemas por sí misma; su estado emocional la paralizaba cuando las cosas se complicaban o se volvían complejas o requerían algún esfuerzo. Yo la había estado cuidando desde que mi padre se divorció de ella. Dependía de mí. Sabía que la depresión no tenía sentido. Mi madre no entendía que ella era la adulta, la madre.

Cuando era adolescente tuve que ser el hombre sobre el que ella lloraba, quien la escuchaba quejarse de papá un minuto y al siguiente llorar porque todavía lo amaba. Yo era la que cubría los gastos, la que establecía el presupuesto, la que conseguía trabajo en un restaurante después del colegio para ganar dinero, y más tarde en la taberna de Cody cuando perdía otro trabajo porque no podía levantarse de la cama.

Con los años, nada había cambiado. Seguía deprimida. Todavía necesitaba que la rescatara.

—¿Clyde no te ofrece más horas? —le pregunté, refiriéndome a su jefe actual—. Sabes que lleva años enamorado de ti. ¿Cuántas veces te ha invitado a salir? Haría cualquier cosa por ti.

—¿Más horas?

—Sí. Más horas para cubrir el coste del aire acondicionado.

—Pero es que tu padre...

Suspiré. Otra vez con lo de mi padre. Dios mío. Mis padres pasaron años metidos en una batalla por la custodia y la manutención de su hija, la cual finalmente terminó cuando cumplí dieciocho años y él se mudó a Missoula.

—Mi padre se fue hace mucho tiempo. Nunca va a pagar la manutención que te debe. Consigue que Clyde te dé más horas. O mejor aún, acéptale la cita y deja que te lleve a cenar. —Sonreí imaginándomela en una cita.

Ella suspiró.

—Soy demasiado vieja y...

—No lo eres. Clyde no te lo pediría una y otra vez si no estuviera interesado en ti.

—Sí. Probablemente tengas razón. Ya veré. Pase lo que pase, no creo que pueda reponer el aire acondicionado hasta principios de mes, y ha hecho mucho calor.

—Lo sé, mamá —dije con alegría—. Anoche me ha caído un árbol en el tejado y ahora mismo tengo un agujero enorme en el techo.

Mi madre soltó un grito ahogado.

Vaya.

Por eso no quería decírselo. Se pondría en plan trauma y drama, cuando en realidad no era nada que yo no pudiera manejar.

—¡Joy! Cariño, ¿estás bien? ¡Qué horrible! ¿Llamaste a los bomberos? ¿Qué vas a hacer? Ay, no. Esto es horrible.

—No es horrible, mamá. Creo que es una aventura. Será como acampar en mi propia casa durante un tiempo hasta que pueda repararla. Justo me estaba diciendo a mí misma que siempre quise un tragaluz.

Mi madre soltó otro grito ahogado de horror.

—¡Joy, no puedes quedarte ahí! Cariño, no es seguro. Y... ¡Dios mío! ¡Te puede salir moho! —se lamentó—. ¿Hubo daños por agua? El moho puede causar todo tipo de problemas de salud. Es una pesadilla. —En mi mente, podía ver a mi madre caminando en círculos por la cocina, retorciéndose las manos—. ¿Debería ir allí para ayudar?

—¡No! —dije rápidamente. Lo último que necesitaba era a mi madre «ayudando».

—Lo tengo controlado —la tranquilicé—. El seguro cubrirá las reparaciones. No te preocupes por mí. Tú preocúpate de llamar a los de mantenimiento, ¿vale?

—Ay, bueno, puede ser —dijo.

No iba a llamarlos ni a decirle que sí a Clyde. Solo

iba a sufrir y a volverme loca contando que no podía dormir por la noche sin el aire acondicionado.

Buah. Pero no tenía la energía mental para hacerla sentir mejor en este momento. Necesitaba ser positiva para mí. Tenía un pedido de cerámica rota que rehacer. Y tenía que encontrar la manera de proteger mi dormitorio de los elementos naturales hasta que llegaran los peritos del seguro en unos días.

—Tengo que dejarte, mamá. Te quiero.

—Oh —dijo con tono de decepción—. Vale, cariño. Te quiero.

Colgué y suspiré. Me mataba cuando mi madre se deprimía, pero hoy no me quedaba energía para rescatarla.

Estaba demasiado ocupada rescatándome a mí.

Este mes andaba muy corta de dinero. Había contado con el dinero de ese envío de cerámica que se rompió. Ahora tendría que dedicar tiempo a rehacerlo todo cuando podría haberlo empleado en hacer cosas nuevas. Tenía que arreglar mi propia casa, y tampoco iba a ser barato.

Pero por el lado bueno, mi estudio de cerámica en el garaje no había sufrido daños. Todavía podía trabajar la arcilla. Mi negocio seguía funcionando.

Era muy afortunada, la verdad.

Además, mi sala de estar no había sufrido daños y

mi sofá era muy cómodo. Ya que era imposible que me quedara con mi madre y su casa calurosa, estaría bien.

Siempre podía volver a pedir mi trabajo a tiempo parcial en la taberna de Cody. Había trabajado allí durante años cuando estaba comenzando mi negocio, pero lo dejé cuando por fin me empezaba a ir bien.

Iba a ser divertido volver a ver caras conocidas en el bar, trabajar hasta tarde.

Necesitaba salir más, y esta era una excelente manera de hacerlo, ¿verdad?

12

WES

TENER a Joy en casa por la mañana me había sacado de mi rutina. Mi cerebro se había quedado pegado en cómo llevar las cosas con ella —problema que no había resuelto, sobre todo porque mi lobo tenía una opinión muy concreta— y se me hizo tarde para llevar a Remy al cole.

Luego, cuando llegué al rancho, me di cuenta de que había dejado el móvil en casa.

No era un gran problema, no era el tipo de persona que se pasaba el tiempo pegado al móvil ni nada por el estilo, pero en cuanto se me pasó por la cabeza la idea de que no estaría disponible si me llamaban del cole, decidí que después de ocuparme de las tareas normales de la mañana en el granero, sería mejor que corriera a casa a la hora de comer para buscarlo.

Aparqué frente a la casa para encontrarme a...

Joder.

Mi compañera estaba parada en el tejado con una lona de camping azul gigante en las manos, a punto de romperse su hermoso cuello.

¿Qué cojones hacía?

Salté de la camioneta —apenas me tomé el tiempo suficiente para aparcarla— y corrí hacia la casa de Joy sin dejar de mirarla. Tenía una casa de un piso, pero, aun así, la caída podría ser de unos tres metros.

Era humana, frágil.

Perdió el equilibrio, dejando caer la lona y moviendo los brazos para recuperarlo.

—¡Joy! —grité, casi cambiando a forma de lobo ante el peligro inminente.

Volvió a encontrar el equilibrio y se giró para dedicarme una sonrisa amistosa.

—Ay, hola, Wes.

El corazón me latía con fuerza; mi lobo casi saltó en el aire para llegar hasta ella.

Estaba de pie en el tejado con unos pantalones cortos vaqueros y una camiseta sin mangas en forma de triángulo que hacía que me dieran ganas de lamerla desde el vientre desnudo hasta un pezón.

Me coloqué debajo de ella y me llevé las manos a las caderas.

—No me salgas con "ay, hola", cariño. ¿Qué cojones haces en el tejado? —exigí, olvidando frenar mi agresividad, alimentada tanto por el miedo por su seguridad como por la lujuria por su cuerpo.

No tenía derecho a hablarle así.

No necesitaba que la regañara.

Bueno, sí lo necesitaba. Definitivamente lo necesitaba por ser tan imprudente.

Pero era mi vecina, no mi novia. La vecina con la que me acosté anoche. No estábamos comprometidos el uno con el otro de ninguna forma. Quería que fuera mi niñera.

A mi lobo le dio risa eso. Estaba comprometido con ella, pero ella no lo sabía. No me debía nada, ni siquiera una explicación de por qué había elegido subirse al techo en ruinas.

Al parecer, no le importó mi malhumor, porque su sonrisa se ensanchó. Sonrisa que me volvía loco.

Ignoró por completo mi pregunta.

—¿Puedes tirarme la lona que se me cayó? —Señaló el objeto.

—Tirarte la... Ni hablar. ¿Qué ha pasado con el

equipo que venía a hacer las reparaciones? —le pregunté.

—El perito ha dicho que vendrían en unos días.

¿Unos días? ¿Y decidió arreglarlo temporalmente ella misma?

—Yo te cubro el techo —le dije, dándome una reprimenda mental por no haber previsto sus necesidades antes de salir esta mañana—. Tienes que bajar de ahí antes de que te caigas o se derrumbe el resto del tejado.

Imitó mi postura con las manos en las caderas e inclinó la cabeza hacia un lado.

—Yo me puedo encargar.

—Ni hablar —repliqué.

—Pero...

—De ninguna manera mientras yo viva al lado te vas a poner en peligro así.

Debería disculparme por ser tan gilipollas. Quizá ella podría poner la lona encima del agujero por su cuenta y clavarla, pero podría caerse y no curarse como un cambiaformas. El asunto era que ella no sabía que por eso estaba tan convencido.

—¿Ah, sí? —dijo como retándome.

Estaba arruinando esto. Abrí la boca con la esperanza de que salieran las palabras adecuadas, pero entonces vi el contorno de los pezones de Joy. No llevaba sujetador debajo de ese diminuto top, y estaba claro que sus pezones se habían puesto rígidos en punta. ¿Por qué? ¿Por verme? ¿O era mi mandonería lo que la excitaba?

Me había llamado mandón esta mañana, pero su mirada me hizo pensar que le gustaba que yo mandara. Todo lo que había dicho desde que salí de la camioneta era que yo era mandón y tenía el control.

Joder, sí, cariño. Seré tu líder. Te mandaré hasta mi cama.

—Sí —repliqué, y luego añadí—: chica mala. —Para probarlo y ponerla a prueba a ella.

Se puso en cuclillas para sentarse en el borde del techo y pataleó como una niña.

Traía chanclas. ¡Unas chanclas en un maldito tejado! Bonitas, pero inservibles.

—¿Me vas a dar unos azotes? —me desafió, ladeando la cabeza y volviéndome a sonreír.

Se me puso la polla dura al oír su tono insinuante y me pregunté si le dolería el coño de la follada que le había dado anoche.

No había malinterpretado esta situación. Me venía bien saberlo.

Me acerqué hasta situarme justo debajo de ella.

—Así es, preciosa. Tienes dos opciones: o te bajas por esa escalera o saltas. De cualquier manera, si bajas ahora mismo, seré suave contigo. —Estiré los brazos para mostrarle que la atraparía.

Un rubor le subió por el cuello y percibí el aroma de su excitación en la ligera brisa.

—¿Quieres que salte?

—Así es, cariño. Salta y te enseñaré las consecuencias de tu imprudencia. Será una lección que ambos disfrutaremos.

Mi hermosa compañera no dudó ni un segundo. Se lanzó desde el borde del tejado.

La cogí en brazos, doblé las rodillas y la balanceé para amortiguar cualquier impacto que pudiera sentir.

—Hostia. —Sonó impresionada.

Me gustaba la forma en que me miraba, como si yo tuviera algo que ella deseaba, como si yo fuera lo que deseaba.

—¿Y mi techo? —preguntó.

—Lo haré más tarde. Primero tengo que ocuparme de ti. Vas a saber lo que pasa cuando me provocas un ataque al corazón de esa manera. —La llevé hacia mi casa, volteándola para cargarla sobre mi hombro cuando llegamos a la puerta, para poder sacar mis llaves.

—¿Qué? —chilló mientras la lanzaba por los aires para recolocarla—. Por Dios. Wes, eres una bestia.

—Sí, cariño, lo soy. —Entré a casa y la llevé a la sala de estar en donde la puse en pie junto al sofá.

Las mejillas se le habían ruborizado de un bonito tono rosado por estar boca abajo, y hacían que sus ojos azules le brillaran. Sus hoyuelos se marcaron al mirarme, con la respiración acelerada por la excitación.

—Hostia, eres preciosa. —Por encima del top le pellizqué un pezón que sobresalía con los nudillos de mis dedos índice y medio—. Veo que me señalas. —Nuestras miradas se cruzaron.

Sus ojos bailaban de excitación.

—Date la vuelta, doña osada. —Hice un círculo con el dedo en el aire—. Te voy a poner el culo rojo.

Ella dudó.

—Eh, ¿dónde está Remy?

—En el cole. —Esperé, queriendo estar seguro de que realmente consentía después de esa respuesta. De que quería esto. Cuando se giró lentamente hacia el sofá, puse mis dos manos en su suave culo y apreté.

—Muy bien —la elogié, acercándome a la parte delantera de sus caderas para desabrocharle los pantaloncillos—. Vamos a quitártelos, así podré ver las huellas de mis manos cuando te azote.

Sus dedos se acercaron a los míos, así que me detuve, de nuevo, esperando el consentimiento.

Ninguno de los dos se movió por un momento.

—Quítatelos —le murmuré al oído y esperé a que obedeciera.

Joy obedeció al instante, como la cosa gloriosa y dulce que era. Se desabrochó y bajó la cremallera de los pantaloncillos vaqueros y se los sacó por las caderas, junto con las bragas. Cayeron al suelo y dio un paso para salir de ellos.

—Así, cariño. Está perfecto. —Le cogí las muñecas y tiré suavemente de ellas por detrás de la espalda, luego le empujé el torso hacia abajo sobre el respaldo acolchado del sofá. Era un apoyo perfecto para las caderas.

Con las muñecas sujetas a la parte baja de la espalda, dediqué un momento a admirar su culo perfecto, moviendo la mano libre en círculos alrededor de sus nalgas. Luego me aparté y le di un azote suave, porque era humana, y no me gustaría hacerle daño. Como no hizo ningún ruido, le di más duro en la otra. Esta vez cuando jadeó, me mantuve en esa intensidad, azotando un lado, luego el otro, con media docena de bofetadas rápidas. Buscaba un pequeño escozor, no asustarla. Entonces hice una pausa para frotarla, permitiendo que mis dedos se deslizaran entre sus piernas.

—Estás empapada, cielo. —Pasé los dedos por su néctar y lo probé—. Me encanta cómo sabes.

Le solté las muñecas y la giré para que me mirara. Buscó la hebilla de mi cinturón y la desabrochó.

—¿Quieres que te vuelva a dar polla, Joy? Pensé que necesitarías un descanso después de cómo me montaste anoche.

Se lamió los labios mientras se arrodillaba.

—Mi boca no necesita un descanso. —Me bajó la cremallera.

—Hostia. Jodeeeer. —Envolví mis dedos alrededor de su moño—. Joder, sí, cariño. —La ayudé a liberar mi erección.

Agarró la base y abrió sus carnosos labios, luego extendió la lengua y arrastró la cabeza de mi polla por ella. Sentí un corrientazo de placer.

—Joder —murmuré. Se veía espectacular arrodillada a mis pies, sin nada más que su camiseta sin mangas y el culo rosado por las huellas de mis manos.

Pasó la lengua por el borde de la cabeza de mi polla. El calor de su boca se mezclaba con el efecto refrescante del aire, creando una sensación exquisita. Cuando se metió toda la cabeza en la boca, yo estaba a punto de estallar.

—Ah, Joy —gruñí—. Me estás matando, cielo. Qué rico.

Levantó la mirada hacia la mía, sonriendo alrededor de mi polla, antes de llevarme más adentro.

Esta mujer era increíble. No solo por la mamada, sino la mujer que la hacía. Era como un rayo de sol, espontáneo y brillante, que prácticamente me cegó. Quería más de ella. No solo su cuerpo, sino su corazón, su alma. Quería sus secretos, saber qué la hacía reír, pero también qué la hacía llorar.

Y algo en ese pensamiento, la idea de que podría tenerlo todo con Joy, de repente hizo que pensar en no tenerla fuera aún más devastador. No solo tenía que proteger el corazón de mi hija en esta situación. Tenía que proteger el mío.

Expulsé todos esos pensamientos y en su lugar me centré en el placer que ella me ofrecía. Mi atrevida y brillante vecina me estaba tragando tan profundamente como podía. Chupando con fuerza mientras se retiraba, succionando al metérsela. *Me destruía.*

—Joder, Joy —murmuré—. Joder.

Movió su boca más rápido sobre mi polla. Le agarré el moño del pelo con más fuerza.

—Cariño, me vuelves loco. —Me quedé sin aliento—. Tienes que decirme ahora mismo si quieres que me corra en tu cara o si quieres que te incline de nuevo sobre ese sofá y te folle duro por haberte portado tan mal.

Eso la excitó. Se apartó y se sentó sobre los talones, con la mandíbula floja. Sus dedos se metieron entre sus piernas para frotarse. Necesitaba un poco de atención ahí abajo. La cogí por los codos para levantarla y la giré hacia el sofá.

—Por Dios —murmuró cuando la empujé de nuevo.

—¿La quieres bien adentro, cariño?

—Um...

—Te la voy a meter hasta el fondo bien duro. —Le abrí las nalgas y me arrodillé para saborear su dulce coño. Estaba empapada, incluso más que después de los azotes. Definitivamente, estaba lista para recibirme. Aun así, me tomé mi tiempo saboreándola, memorizando su sabor y disfrutando de los gemiditos que soltaba.

Me coloqué detrás de ella y arrastré la cabeza de mi polla por sus jugos, rozando suavemente su entrada. Estaba abierta, resbaladiza, y la penetré.

—Cariño. No puedo decidir qué me gusta más: si tu boca o tu jugoso coño.

Arqueó la espalda penetrando más profundamente.

—Mmm, muy bien. Quieres recibir cada centímetro mío, ¿verdad?

Ella gimió.

—Qué chica tan buena. —Deslicé los dedos alrededor de la parte delantera de su cuello, sin apretarla, pero sujetándola sin apretar mientras entraba y salía de ella. Le halé el torso hacia arriba, de modo que se arqueó maravillosamente.

A ella le encantó. Gritó, liberando aún más excitación alrededor de mi polla.

—Quieres correrte encima de mi polla otra vez, ¿verdad, cariño? —Encontré un ritmo constante.

—Sí —gimoteó.

—¿Quieres que te dé más duro?

—Sí, por favor.

Empujé con más fuerza, golpeándole el culo con mis muslos.

Soltó un gritito.

—¿Así, cariño? ¿O te he dado demasiado duro? —Volví a hacerlo.

—Está bien —chilló—. ¡Es tan bueno!

Aumenté la velocidad, embistiéndola. El sonido de la carne chocando con carne resonaba por la sala, con su lubricación empapándome las pelotas. Me estaba mareando de necesidad. Joder. No era solo la necesidad de correrme. Mis dientes caninos se habían alargado ligeramente, llenos de suero. El lobo quería marcarla.

Si había tenido alguna duda de que era mi compañera, se desvaneció ahora. Una breve mordida y Joy sería mía para siempre. Por supuesto, no podía hacerlo sin su comprensión, sin su consentimiento. Y llegar a ese consentimiento era un problema que no sabía muy bien cómo abordar.

Cerré los labios alrededor de los dientes, respirando hondo por las fosas nasales, intentando frenar al lobo.

Todavía no.

Quizá nunca, me recordé. Tenía que permanecer alerta. Mantener nuestros corazones, el de Remy y el mío, fuera del juego hasta que estuviera seguro de que podía funcionar.

—Por favor —suplicó Joy.

Hostia. ¿Mi compañera me suplicaba? Necesitaba que le diera satisfacción mientras yo pensaba en proteger mi corazón. ¿Qué clase de idiota era yo?

Me acerqué a la parte delantera de sus caderas y puse la yema de mi dedo índice en su clítoris.

—No te corras hasta que yo te lo diga —le gruñí al oído.

Gritó al sentir que tocaba su parte más sensible.

—¿Qué? ¿Por qué? —gimió, desesperada por correrse.

—Porque yo mando. Cuando te diga que es la

hora, te correrás en mi polla más duro que nunca antes. ¿Entendido?

Ella asintió frenéticamente.

La follé con fuerza mientras friccionaba el clítoris con el dedo.

—Lista...

Se me tensaron las pelotas. Estaba tan desesperado por liberarme como Joy.

—Lista...

—¡Por favor! —chilló.

13

JOY

GRITÉ CON LA DELICIOSA SENSACIÓN. No fue solo un temblor por un orgasmo, sino una sacudida de cuerpo entero tipo terremoto. Seguramente me habría escuchado el vecino del otro lado de mi casa. Mis caderas se sacudieron y mis músculos internos se apretaron y soltaron alrededor de la polla de Wes, sacándole todo el simiente. Gruñó y sentí cómo me llenaba, chorro tras chorro, hasta que me empezó a resbalar por los muslos. Me dio un lento masaje en el clítoris y me seguí corriendo, con nuevos movimientos de las caderas y los músculos internos. Esta vez no fue un grito, sino más bien un gemido. Se sacudió contra mí, apretándome con más fuerza contra el brazo del sofá, derramando más de su esencia. Estaba marchita, sin aliento, con la frente hundida en el mullido cojín.

—No te muevas, cariño. Ahora vuelvo —me dijo.

Lo observé girando el rostro y pude ver cómo Wes se guardaba la polla mientras iba al baño. Volvió con una toallita húmeda y la utilizó para limpiarme el coño y el interior de los muslos.

—Joder —gruñó.

Parecía gruñir mucho últimamente, aunque no estaba segura de por qué esta vez.

—¿Qué? —pregunté, incorporándome.

Wes me ayudó a ponerme de pie.

—Tengo que volver al trabajo.

—Está bien.

Este chico era difícil de leer. ¿Le gustaba yo? ¿Solo quería sexo? Era difícil saber a qué atenerse con un hombre de pocas palabras que parecía un oso gruñón cuando hablaba.

Pero sabía que era un buen tipo.

Y no solo en la cama.

Me rescató anoche, y parecía realmente asustado por mí cuando me encontró en el tejado, nada feliz.

—Si extiendo esa lona ahora mismo, ¿te volverás a subir a ese tejado? —Señaló en dirección a mi casa.

Me giré de espaldas a él y asomé el trasero. Mirándolo, le pregunté:

—Creo que estas huellas de manos son respuesta suficiente.

Sus dedos acariciaron un punto caliente en la nalga.

—Eso es. Como te vuelvas a subir, te voy a castigar el interior de tu culo.

Mi mente parpadeó por un momento. Quería decir...

Joder.

—No me subiré al tejado.

Las comisuras de sus labios se inclinaron hacia arriba en un atisbo de sonrisa. Quería averiguar qué hacía falta para sacarle una sonrisa de oreja a oreja.

—Te gusta eso, que te meta algo en ese culo tuyo, sea un dedo, un tapón o mi polla.

—¡No me gusta! —tartamudeé.

—Sí, bueno, estás sonrojada hasta las tetas y tienes los pezones duros. Tu cuerpo no miente, cariño.

—No subiré al tejado...

—Muy bien. Pondré la lona ahora antes de volver al trabajo. ¿Dijiste que los del seguro no vendrían hasta dentro de unos días?

Asentí con la cabeza.

—Sí. Están llenos de reclamos por la tormenta. Por eso intento cubrir las cosas ahora. No sé cuánto tardarán en empezar las reparaciones.

Wes frunció el ceño y se frotó la barba, con su típica cara de gruñón en toda regla.

—Te quedarás aquí hasta que esté bien arreglado.

¿Aquí?

Vaya mandón. No era una pregunta, era una exigencia.

Me encantaba.

Después de ser la madre de mi propia madre deprimida, era agradable tener a alguien que se hiciera cargo. Alguien que cuidara de mí.

Aun así, no quería ser una carga.

—Pero...

—Ni de coña vas a dormir con una lona en un lado de la casa y otra en el tejado. Eso no te cuidará de extraños ni de bichos.

Abrí la boca para responder y la cerré. Me había pillado con lo de los bichos, y lo sabía.

—Vale.

Volví a ver el esbozo de una sonrisa.

—¿Te da más miedo que entre un mapache o un tipo malo? —preguntó.

—Definitivamente el mapache.

Sus labios se curvaron hacia arriba. Era casi una sonrisa.

Lo tomé como una victoria.

14

WES

RECOGÍ A REMY del cole y fuimos al autoservicio a comprar hamburguesas y papas fritas, luego a la ferretería a comprar madera laminada. Aunque había un montón de trabajo que hacer en el rancho, Johnny y Colton se reunirían conmigo en casa de Joy para tapar el agujero de su ventana por el momento. Había extendido una lona sobre el agujero del techo, pero no iba a ser suficiente para proteger la casa, ni siquiera por una noche. Tenía que poner algo más estable para cubrir sus cosas. El destino sabía cuánto tardaría el seguro en arreglar el tejado si el perito no iba a venir hasta dentro de un par de días.

Comenzaba a darme cuenta de que había estado en una neblina protectora, inducida por el sexo, cuando le dije a Joy que se quedara conmigo. Había sido mi lobo.

Iba directamente en contra de mi plan de proteger a Remy del resplandor de Joy. Si no quería que Remy pensara que iba a tener una madre, ¿por qué cojones la había traído bajo mi techo?

Podía arreglármelas. Joy se quedaría mientras arreglaban su casa, no porque yo saliera con ella. Era como un favor de un buen vecino. Nos ayudábamos mutuamente. Esa era la forma en que tenía que ponérselo a Remy. No que estuviéramos follando, ni que quería hacerlo una y otra vez. Y otra vez.

—¿Puedo ayudar a arreglar la ventana de Joy contigo, papi? —preguntó Remy mientras aparcaba en la entrada de Joy.

Desabroché la sillita y dejé que se bajara sola.

—Puedes supervisar —le dije. Aprendí hace mucho tiempo que, si le dices a un niño lo que puede hacer en lugar de lo que no, las cosas resultan mucho más fáciles.

—¿Quieres que te diga cómo hacerlo? —Remy arrugó su naricita.

Se la tapé con el dedo.

—Vas a tener que pararte en nuestro porche y

decirnos si hemos tapado todos los agujeros o no. Es importante porque no queremos que se nos pase ningún punto. ¿De acuerdo?

—De acuerdo. —Parecía decepcionada.

—También puedes sacar cervezas de la nevera para los demás. Sería de gran ayuda.

Remy se animó y echó a correr.

—¡Vale, voy a por la cerveza! —Llegó a la puerta principal y la golpeó repetidamente con la palma de la mano, como si eso fuera a abrirla mágicamente.

Mientras tanto, Joy había salido de su garaje abierto, probablemente para ver por qué había aparcado en su casa en lugar de la mía.

Contemplé el área. No la utilizaba para aparcar el coche, pues el garaje era un estudio de arte. Había un torno de alfarero en un lado y un horno en la esquina trasera. Una pared estaba llena de estantes de cerámica blanca. En la otra, había estantes con piezas terminadas. Había jarrones, cuencos, tazas y platos de colores hermosos bien organizados.

—Menos mal que el árbol no se estrelló contra el garaje —murmuré.

Los ojos de Joy se abrieron de par en par y una enorme sonrisa iluminó su rostro.

—¡Eso es lo que yo dije! Creo que he tenido suerte.

Ladeé la cabeza tratando de entender esa lógica.

Yo era de los que veía el vaso medio vacío, así que todo lo que vi fue el daño a su casa.

—No sé si suerte —refunfuñé—. Podrías haber muerto.

—¡Papi! ¡Abre la puerta! —gritó Remy desde nuestra casa.

—Ven a buscar la llave —le dije. Probablemente no sería capaz de abrir la puerta con la llave, pero me encantaba dejar que una niña intentara hacer cosas de mayores. De todos modos, la mantendría ocupada unos minutos más.

—No lo sé. Yo diría que tuve bastante suerte. —La insinuación en el tono de Joy hizo que mi polla se pusiera dura al instante.

—Escucha... con respecto a que te quedarás en nuestra casa... —Me froté la nuca.

Remy se acercó corriendo y le di la llave de la puerta principal.

—¡Hola, Joy! —dijo—. ¡Voy a supervisar y a por cervezas! —Se fue corriendo, más interesada en su trabajo que en la vecina. Yo era todo lo contrario. Estaba aquí por el trabajo, pero toda mi atención estaba centrada en Joy.

—No tengo por qué quedarme en tu casa. —Joy agitó una mano en el aire como si borrara mi preocupación—. Definitivamente estoy bien acampando aquí bajo mi lona. Aunque haya mapaches. —Me mostró una sonrisa, y realmente creí en su alegría.

Como si esta chica pudiera hacer limonada de cualquier cantidad de limones. Incluso creyendo que acababa de retirar la invitación a quedarse en mi casa.

—No, no. No es eso. —Bajé la voz—. No quiero que Remy sepa... —Me quedé a medias y tragué saliva. A la mierda. Tenía que ser claro con ella, así que me encontré con su mirada azul de frente—. Que estoy interesado en ti. No quiero que se confunda, ¿sabes?

La cara de Joy se suavizó.

—Por supuesto que no. Lo entiendo perfectamente. Solo seré la vecina que se queda en el sofá. Eso si realmente todavía estás de acuerdo con que esté allí.

—Lo estoy —dije demasiado rápido—. Las nubes se acercan, y ni de chiste te vas a quedar en tu casa si va a haber tormenta otra vez.

Mi lobo la necesitaba bajo mi techo. No podría dormir si pensara que ella no estaba cómoda o segura.

—Con que estás *interesado* en mí... —Sus hoyuelos esbozaron una sonrisa pícara. Cielos, era tan bella.

Fruncí el ceño.

—Pensaba que era obvio.

—Bueno, no sabía si era solo sexo. Lo cual está

bien si lo es. —Se encogió de hombros—. A ver, he sido yo la que te saltó encima.

Otra vez con la limonada. Era como si hubiera aprendido a mantener bajas sus expectativas sobre la gente para que no la decepcionaran. Conocía la sensación, pero mientras que a mí me ponía de muy mal humor, a ella la ponía de buen humor. Teníamos el carácter más opuesto que podían tener dos personas.

Me aclaré la garganta y me quité el sombrero de vaquero para frotarme la frente.

—Joder, Joy. Yo, eh... —Hostia, esto se me daba fatal—. Si te soy sincero, no he salido mucho, o más bien no he salido con nadie, desde que nació Remy. —Nunca. Solo follaba durante las carreras de luna llena, lo cual se entendía de antemano que no era nada—. Ella ocupaba toda mi atención. Pero definitivamente estoy interesado en ti. Es que... también necesito ser cauteloso por Remy.

Joder. Soné como un cobarde.

¿Era un cobarde? Sí. *Es que dijiste que querías que fuera la niñera.* Idiota.

Joy asintió en señal de comprensión.

—Por supuesto. Podemos colarnos en la habitación del otro al anochecer o algo así. —Joy me mostró esa amplia sonrisa de nuevo.

Sentí algo extraño subir por la garganta. Como una

risita. O el comienzo de una. Me hizo levantar la comisura de los labios. La sonrisa de Joy era casi contagiosa. Pero su insinuación significaba que seguía pensando solo en sexo ilícito. Necesitaba lograr que se enamorara de mí. Iba a estar difícil ya que lo único que sabía hacer era follármela.

—Bueno, estaba pensando más en una cita. El problema es que no tengo niñera. —Todo era tan difícil con una niña. ¿Y una cita? Yo no hacía esas cosas. ¿Qué cojones sabía yo de citas?—. Tal vez Riley, su maestra del cole podría hacer de niñera.

—¿La esposa de Cody? Es un encanto.

La camioneta de Johnny se detuvo, y él y Colton se bajaron.

—¡Hola! —Joy les hizo un gesto con la mano y quise golpearlos a los dos.

Cuando les pedí ayuda, no había pensado en cómo reaccionaría mi lobo. Como un cabrón posesivo que quería sacarles los ojos como se atrevieran a mirar a Joy con esos pantaloncillos tan sexys. Cuando le sonrieron, supe que iba a tener que matarlos a los dos. Como me caían bien, esto iba a ser un tremendo problema.

Ella ya iba camino a saludarlos.

—¿Qué estáis haciendo aquí?

Salí disparado para interponerme entre ellos. Ni de coña se iban a dar la mano, o peor... abrazos.

—Les pedí que vinieran a ayudarme a poner un parche en tu pared para esta noche para que no entre la lluvia. Pero en realidad no necesito su ayuda. —Hinché el pecho y fulminé con la mirada a mis dos amigos—. Podéis volver al rancho.

Colton se quitó el sombrero y nos miró a mí y a Joy. Tal vez fue por mi actitud hosca. Tal vez fue el gruñido en mi voz. Tal vez él había pasado por esto y entendía los sentimientos que estaba teniendo en este momento, porque dijo:

—¿Hablas en serio?

—Sí. Iros a la mierda. —Señalé su coche—. Yo me encargo.

Una sonrisa se dibujó en sus labios. Me dieron ganas de partirle la cara.

Afortunadamente, Johnny permaneció callado. Podía acabar con dos cambiaformas a la vez, sobre todo si amenazaban a mi compañera, pero incluso en mi obnubilación sabía que era una mala idea.

—¡Chicos, chicos! ¡Aquí está vuestra cerveza! —Remy salió corriendo de la casa con los brazos alrededor de tres botellas de cerveza. Ni siquiera me había dado cuenta de que había conseguido entrar sola en la casa. No le había prestado mucha atención, y vaya padre de mierda que era.

Por supuesto, una de las botellas resbaló, cayó a la acera y se rompió. La cerveza salió a borbotones en forma de espuma.

Remy bajó la mirada conmocionada y luego rompió a llorar.

—¡No te muevas! —le grité, porque iba descalza y tenía cristales delante.

Puede que fuera una cachorra cambiaformas capaz de curarse rápidamente, pero no quería que le pasara nada, sobre todo porque iba a seguir llorando.

Por supuesto, mis gritos convirtieron su llanto en un gemido.

Corrí hacia ella y la alcé, Joy estaba a mi lado.

—¡Mira toda esa espuma! —exclamó Joy, como si Remy estuviera haciendo un experimento científico en lugar de llorar por el accidente.

Remy dejó de llorar y la miró boquiabierta.

Los labios carnosos de Joy se estiraron en una sonrisa gigante. Señaló la espuma de la acera con los ojos iluminados.

—¿No te parece genial?

Remy no sabía bien si creérselo.

Joy le guiñó un ojo.

—Cuando era pequeña, me encantaba agitar las

latas de soda antes de abrirlas para ver cómo se mezclaba. ¿Lo has hecho alguna vez?

Remy negó lentamente con la cabeza.

Joy le quitó de las manos las dos botellas de cerveza que le quedaban y las dejó en el suelo antes de acercarse a ella.

—Ven aquí. Tengo una lata de soda de uva en mi casa. Vamos a probar.

Así de fácil, el problema estaba resuelto. Remy alcanzó a Joy, que fue a sus brazos y las dos desaparecieron en la casa de Joy. Me quedé mirándoles las espaldas, y Johnny y Colton me miraron fijamente.

—Iros a la mierda —gruñí cuando se acercaron.

—¿Desde cuándo lo sabes? —demandó Colton.

—He dicho que os vayáis a la mierda —espeté.

—¿Saber qué? Ohhhhh. —Johnny tardó un poco más en darse cuenta. Hizo un gesto con el pulgar en dirección a la casa de Joy mientras yo me ponía en cuclillas para recoger los trozos de cristal—. ¿Ella es su compañera? Pensé que solo estaba en modo gruñón como de costumbre.

—Definitivamente es su pareja —respondió Colton—. ¿Por qué si no nos pediría ayuda y luego trataría de matarnos cuando nos acercamos a menos de metro y medio de ella?

—Me di cuenta esta mañana —admití refunfuñando—. Anoche estaba demasiado alterado porque casi la mata ese árbol.

Johnny sonrió.

—¿Y habéis...?

Me levanté y di un paso amenazador hacia él.

—Te mato como lo vuelvas a mencionar.

Johnny se rio y dio un paso atrás, con las manos en alto en señal de defensa.

—Vamos a quitar ese árbol de la casa —dijo Colton—. Ni siquiera hablaremos con ella.

—Bien.

—Pero más te vale —espetó por encima del hombro.

—En serio. Joder. —Entré en mi casa para deshacerme de los trozos de cristal y coger una escoba.

Cuando volví, Johnny y Colton estaban en el tejado de Joy, levantando el árbol derribado y alejándolo de la casa.

Miré rápidamente a mi alrededor. Si algún humano los hubiese visto, habríamos estado jodidos con semejante demostración de fuerza allí arriba. Por otra parte, no había forma fácil de fingir que levantaban un árbol de una casa, y con su habilidad de cambiaformas, podían hacerlo rápida y fácilmente. No necesitábamos esperar a los reparadores lentos.

—¿Todo despejado abajo? —Colton me preguntó mientras sostenían el tronco gigante.

—Sí. Aquí mismo. —Me coloqué debajo, para poder redirigirlo si era necesario. Lo último que necesitábamos era que tiraran el tronco del techo de Joy al mío.

Empezaron a moverlo.

—A la de tres. Aquí viene. Uno... —lo balancearon hacia mí, luego hacia atrás—. ¡Dos...tres!—. Tiraron el tronco desde el tejado.

Lo dejé caer entre las dos casas, donde se rompió en algunos pedazos más manejables.

Desde el porche de Joy llegó el agudo sonido del grito de alegría de Remy y la efervescencia de una lata de soda abierta.

Todo dentro de mí se derritió.

Joy estaba con mi cachorra, igual que el día que la conocí. Entreteniéndola tan fácilmente, haciéndose amigas, charlando. Colton y Johnny saltaron del techo sin usar la escalera. Realmente deberían tener más cuidado durante el día.

—Se le da bien con ella, ¿no? —preguntó Colton, que también había oído a mis chicas.

Intenté ocultar el torrente de emociones que me invadían el pecho. Se me cerró la garganta.

—Sí. Eso parece.

—Claro que sí. El destino la eligió para ti. —Johnny me dio una palmada en el hombro. Tenía sentido que lo entendiera porque Emma, su compañera, tenía una gemela, y aunque ella y su hermana parecían exactamente iguales, incluso tenían el mismo ADN, él conocía a su compañera.

No podía decir nada. Tenía argumentos en la cabeza sobre por qué podría no funcionar con Joy, cómo no sabía qué hacer que me quisiera y qué pasaría si Remy salía herida, pero no quería compartir nada con estos chavales. Fruncí el ceño.

—Aw, mira —cacareó Johnny—. Hasta tener una compañera pone gruñón a Wes. —Rápidamente se echó hacia atrás por si le daba un puñetazo.

El móvil de Colton sonó y lo sacó del bolsillo de sus vaqueros.

—¿Sí? —Miró al cielo—. Entendido. Volveremos en treinta minutos.

Colgó.

—Era Rob. Quiere que volvamos para llevar el ganado al otro lado del arroyo, antes de que se inunde de nuevo si llueve más.

Mierda. El rancho. Me había centrado en mis chicas, no en mi trabajo, cuando el Rancho Wolf pagaba los gastos y Rob era mi alfa. Si él quería que moviéramos el ganado por el arroyo, lo hacíamos.

Me pasé una mano por la nuca.

—Joder, debe estar cabreado porque estamos en el pueblo, con todo el trabajo que hay que hacer.

Colton se rio.

—No cuando se entere de la razón.

Que había encontrado a mi compañera. Que era humana.

—Vamos —dijo, dándome una palmada en el hombro—. Saquemos esa madera de la camioneta y pongámosla en la pared.

Me puse de pie y miré a mis amigos a regañadientes, en parte agradecido de que estuvieran aquí y me cubrieran las espaldas y por otra, con ganas de matarlos por estar cerca de Joy. Cada uno tenía su propia compañera predestinada, por lo que tenían cero interés en la mía, pero igual.

—¡Papi! La soda de uva también tenía muchas burbujas. Y está riquísima. —Remy corrió hacia mí con la lata en la mano.

Tenía un anillo morado alrededor de la boca.

—Ya lo veo —le dije.

Joy le siguió a un paso más tranquilo.

—Piensa que puedes lavarte la cara y las manos,

porque vamos a ir con Johnny y Colton de vuelta al rancho.

No estaba segura de cómo iba a funcionar eso, pero ya lo resolvería.

Miré a Joy.

—El arroyo se inundó anoche por la tormenta. El ganado se quedó atascado en el lado equivocado. El agua ha bajado, y podemos hacer que crucen, pero va a llover de nuevo, tenemos que moverlo antes de que...

Joy levantó una mano.

—Lo entiendo. Tu trabajo no es de horario de oficina. ¿Por qué no cuido a Remy?

Me quedé mirando. Parpadeé. Esto era lo que había querido de ella cuando nos conocimos. Esto nada más, que fuera niñera. Y ahora se ofrecía voluntariamente para quedarse con Remy, y no parecía que fuera *solo* como niñera.

Era mi compañera que se iba a quedar con mi cachorra. Esto era importante. Confiaba en que cuidaría a Remy, por supuesto, pero esta era la primera vez que estarían juntas a solas. ¿Haría que Remy se encariñase con ella y saliera mucho más lastimada?

Johnny me golpeó en la espalda, sacándome de mis pensamientos.

—¿En serio?

Ella sonrió... y mi lobo sonrió.

—Por supuesto. No es ningún problema. Voy a trabajar un rato en mi estudio y ella puede hacer un pequeño proyecto. Luego podemos cenar y ver una película.

—¿Puedo? ¿Puedo? —Remy me haló el brazo dando saltitos—. ¡Una película con Joy! ¿Puedo, papá?

Esta era mi preocupación. Joy era demasiado simpática. Sin embargo, no tenía otra opción. No solo porque tenía que llegar al rancho, sino porque mi lobo me decía que me dejase de dar vueltas y permitiera que mi compañera cuidara a mi cachorra, porque eso era exactamente lo que se suponía que debía estar haciendo: estar con Remy en nuestra casa. Cuidándola y amándola.

—Um, vale. Claro. Dame tu número por si necesitas localizarme. Y nada de entrar a tu casa.

Joy asintió.

—Nada de entrar a mi casa. Entendido.

—¡Sí! —chilló Remy.

Sí, de verdad.

Estaba todo mal, porque en lugar de que yo conociera mejor a Joy y hacer que se enamorara de mí, lo estaba haciendo Remy. No me había sentido tan fuera de mí desde que Soraya me dejó con una cachorra de tres semanas y cero habilidades parentales para cuidarla.

Pero había resuelto las cosas con Remy. Nos las habíamos arreglado.

¿Tal vez encontraría la manera con Joy también?

El destino sabía que ella merecía la pena.

15

JOY

Remy era tan buena que parecía antinatural. Era dulce, prestaba atención, tenía buenos modales. Estábamos en mi estudio, yo terminaba dos jarrones y ella hacía una pequeña escultura de arcilla con la forma de un caballo. De pronto, se cortó el dedo meñique con una de las herramientas de esculpir y se puso a llorar. Envolví el dedo en una toalla de papel y la llevé a su casa y la de Wes, donde busqué una tirita en el baño, pero no encontré ninguna. Cuando revisé el pequeño corte... había desaparecido. Al igual que sus lágrimas.

Como ya estábamos en el cuarto de baño, pensé que ya era hora de que tomara un baño, en lugar de volver a trabajar en el caballo de arcilla. Podría comprobar que el corte realmente había desaparecido —¿o era que nunca hubo uno?— o, al menos, que estuviese limpio. Remy hizo una pequeña rabieta, pero la convencí trayéndole la crema de afeitar de su padre —que como tenía barba, supuse que no le importaría que la usara— y unté un poco en las baldosas para que jugara con ella. Luego, por supuesto, no quiso salir del baño.

Finalmente, después de mucho insistirle, se puso el pijama y se sentó en el sofá. Eligió ver la película de la princesa que creía que se parecía mucho a mí.

En cuanto me acomodé a su lado, sonó el timbre. No era mi casa, así que no sabía a quién esperar. Wes habría entrado directamente.

—¿Quién será? —le pregunté a Remy, acurrucada a mi lado.

Se encogió de hombros, pero siguió mirando la pantalla. ¿Cómo iba a saberlo? Tenía cuatro años.

Aún no había empezado a llover, pero el cielo del atardecer estaba lleno de densas nubes oscuras y se había levantado viento.

Me asomé por la ventanilla lateral antes de abrir la

puerta. Seguro que si fuera un tipo malo no se iba a parar con un cartel que dijera: *soy peligroso*.

Era una mujer la que estaba en el porche.

Una mujer muy guapa. Guapa de una forma anormal. Pelo negro azabache, ojos verdes muy abiertos, labios carnosos. Era alta. Delgada, pero con curvas. Sentí mucha envidia.

—Hola, ¿en qué puedo ayudarte?

Mientras yo evaluaba rápidamente a la mujer, ella me miraba como si estuviera juzgando a una vaca en la feria del condado. Se fijó en mi moño desaliñado, mi cara sin maquillaje, mi camiseta vieja, mis pantalones cortos de mezclilla raídos, mis pies descalzos.

Inspeccionó cada centímetro de mí. Luego olfateó.

Dios, ¿acaso olía mal? Era un día caluroso y yo había estado trabajando con la arcilla, pero no creía estar tan rancia como parecía indicar el gesto de su nariz.

—Busco a Wes. —Se inclinó a un lado para mirar más allá de mí.

Giré la cabeza y vi a Remy en el sofá, totalmente absorta en la película.

—Lo siento, no está aquí ahora.

—¿Ha salido? ¿Y tú quién eres? —preguntó.

—Soy Joy. ¿Eres amiga de Wes?

Ella se rio y se llevó una mano al pecho. Incluso tenía una manicura bonita.

—¿Una amiga? Ay, cariño, yo diría que somos más que amigos.

Fruncí el ceño. ¿Estaban juntos? ¿Era eso lo que insinuaba?

—Vaaale —alargué la palabra.

—¿Ha dejado a Remmington sola contigo?

¿Remington? Ese era el nombre completo de Remy. Lindo. Pero nunca oí a Wes usarlo.

¿Cuál era su problema? ¿Sería una exnovia? ¿Una amante despechada? Su cara no me parecía de Cooper Valley, pero podría ser nueva.

—Eh, sí.

Remy giró la cabeza al escuchar su nombre. La película acababa de terminar, así que la niña se levantó del sofá y vino a mi lado.

—Hola. ¿Me conoces? —preguntó Remy con la inocencia de una niña.

La mujer alargó la mano y despeinó a Remy, cosa que no pareció gustarle porque retrocedió y se apoyó en mi pierna.

—Sí, Remington. Te conozco desde que naciste.

Remy se encogió de hombros.

—No me acuerdo.

Tal vez estaba celosa. Si se trataba de una exnovia

o aspirante a amante de Wes ya la odiaba. Me daba mala espina y la quería fuera de la entrada.

—Bueno, es la hora de dormir de Remy, así que tenemos que irnos.

La mujer volvió a olfatear, dirigiéndome una mirada fría.

—Dile a Wes que Soraya pasó por aquí. Tiene mi número. —Miró a Remy—. Buenas noches, Rem-Rem. —Su voz empalagosa solo hizo que Remy se inclinara más hacia mí.

—Es Remy —dijo desde detrás de mi pierna.

Soraya se dio la vuelta y se alejó.

—Eso ha estado raro —murmuré, cerrando la puerta tras nosotras con seguro.

Remy bostezó.

—No me ha gustado. —Remy sonaba seria—. Aunque sea una loba.

¡Loba! Vaya. Me encantaba su genio creativo infantil. La mujer sí que parecía una depredadora, y más con las uñas largas.

—A mí tampoco. —Asentí—. Vamos, te veo bostezando. Te leeré un cuento para dormir.

—Vale —aceptó Remy y me llevó a su dormitorio. Escogió un libro de sirenas y se metió bajo las sábanas.

Me senté a su lado en la cama y empecé a leer. A

Remy le pesaron los párpados y volvió a bostezar. Mi voz era suave y tranquilizadora. Cuando terminé de leer, no me moví. Remy ya estaba medio dormida, acurrucada a mi lado. Cerré el libro en silencio y ella suspiró mientras su cuerpecito se relajaba más, hasta que su respiración se hizo más lenta.

Joder, qué dulce era. Me incliné hacia ella y le besé la coronilla.

Temiendo que se despertara si me movía demasiado pronto, me quedé donde estaba otros diez minutos y disfruté de la dulzura de tener a una pequeña durmiendo contra mí. Era una sensación preciosa que no había experimentado antes y que me hizo sentir un nudo en el pecho.

Siempre había querido tener hijos.

No sabía adónde iría a parar lo mío con Wes, pero no me desanimaba en absoluto el hecho de que tuviera una hija y fuera un paquete completo. Los padres solteros no me desanimaban. En todo caso, eso hacía a Wes aún más atractivo. Me encantaba verlo en su faceta de padre, cómo su rudeza se suavizaba cuando hablaba con Remy, cómo ella era el centro de su vida.

Sabía que significaba que tendría menos atención disponible para mí, pero no me importaba. Se había presentado con sus amigos para reparar mi casa, a pesar de que estaban ocupados en el rancho. A pesar de que ya había sacado tiempo de su día para... *castigarme.*

Qué castigo tan caliente había sido.

Cuando oí el ruido de su camioneta entrando en el garaje, el pulso se me aceleró. Era como si mi cuerpo ya estuviera condicionado a excitarse cuando él se acercaba. Me separé cuidadosamente de Remy para reunirme con él.

Wes entró por la puerta y me dejó sin aliento. Tenía toda la pinta de ser un ranchero musculoso y varonil, y el hecho de que realizara trabajos físicos duros me parecía de lo más sexy.

Sonreí mientras caminaba hacia él.

—¿Cómo te fue?

Se quitó el sombrero y se acercó a mí con sus botas de vaquero. Sus manos se posaron en mis caderas.

—Bien. ¿Cómo te fue aquí?

—Muy bien. Remy lleva dormida unos quince minutos. Pero tuvimos una visita.

Bajó las cejas.

—¿Una visita? —preguntó sin entender—. ¿Quién?

Me encogí de hombros.

—Una tal Soraya.

Se le fue el color de la cara.

—Soraya. ¡*Joder*!

—¿Qué? —pregunté, instantáneamente en alerta por la forma en que se expresó—. ¿Quién es?

Se frotó con una mano la barbilla sin afeitar. De repente parecía cansado.

—Es la madre de Remy.

16

WES

SE ME HELÓ LA SANGRE.

Joy se acercó a mí. Le había puesto las manos en las caderas antes de que me contara lo de Soraya, y ahora imitaba el gesto, me tocaba la cintura y me miraba preocupada.

Ella fue la única razón por la que no cogí un mueble y lo lancé contra la pared.

—Joder —repetí. Mi lobo, agitado, gruñía, muy descontento con que la loba se haya acercado.

—¿Su madre? Remy ni siquiera la conocía. —La sorpresa se reflejó en el tono de Joy.

Miré fijamente sus grandes ojos azules. Una parte

de mí deseaba desatar la furia, la otra se calmó por la presencia de esta hembra.

Lo cual tenía sentido.

Era mi compañera.

A diferencia de Soraya, que no había sido más que un polvo rápido en una carrera de luna llena, el equivalente cambiaformas a un rollo de una noche después de unos tragos.

Llevé el dorso de mis dedos a rozar la mejilla de Joy, queriendo empaparme del bienestar que emanaba de ella. O que ella producía en mí. Era como si estar cerca de Joy me curara. La rabia que me invadía desde el día en que Soraya abandonó a su cachorra con tan solo unas semanas de vida se calmó con el tacto suave de esta hembra. Con su compasión.

No era de los que hablaban de sí mismos. Me guardaba las cosas. No compartía mucho con nadie, pero Joy era mi compañera. Se merecía saber la verdad sobre mi pasado.

—Ella se marchó apenas unas semanas después de que Remy naciera. No pudo soportar ser madre.

—Ay, mierda. —Joy me miró fijamente—. Pobre Remy. Pobre de ti. Es horrible.

—Fue lo peor. No porque me rompiera el corazón, sino porque se rindió. —Me pasé una mano por la cara, sabiendo que estaba sudoroso y sucio por haber movido una tonelada de ganado. Mis momentos de trabajo duro no eran nada comparados con esos primeros meses con Remy—. No sabía absolutamente nada sobre cuidar a un recién nacido. Yo era jinete de rodeo. Estúpidamente pensé que mi trabajo sería mantener a Soraya y a la cachorra.

—¿La cachorra? —Joy esbozó una sonrisa burlona mientras me miraba con curiosidad.

Mierda. ¡Mierda!

—Digo, bebé. ¿Dije cachorra? —Sacudí la cabeza —. Joder, este día sí que ha sido largo.

—Sí que lo ha sido. —Me cogió de la mano y me llevó al sofá. Volvió a sorprenderme cuando me quitó las botas de vaquero.

De alguna manera, fue más íntimo que el sexo que habíamos tenido. Más íntimo que los azotes que le había dado esta tarde. Más íntimo que todo lo que ya habíamos hecho. Fue algo simple, tranquilo. Me gustaba la idea de volver a casa y tenerla a ella, que cuidara de mí. Era sexy y amable al mismo tiempo.

Era algo que haría una verdadera pareja. Alguien con quien hubieras estado durante años y con quien tuvieras un nivel de comodidad y cuidado mutuo.

Parpadeé con fuerza ante la repentina oleada de emociones que me invadió: una mezcla de anhelo y gratitud. Lo único que podía hacer era mirarla con hambre y admiración. Deseo y necesidad de una conexión profunda. Respiré hondo y me deleité con su aroma familiar. Ahora reconocería el aroma, y a ella, en cualquier parte.

La cogí por la cintura y la subí a mi regazo.

—Qué dulce ha sido eso —le gruñí en el cuello para que no viera lo mucho que había significado para mí.

Me rodeó el cuello con los brazos y me pasó los dedos por el pelo, alisándolo donde el sombrero lo había aplastado.

—Cuidado, cariño, estoy bien rancio —le advertí.

Ella se rio.

—Por cómo me ha olfateado Soraya, yo también huelo bastante mal.

Me quedé quieto. Joder. Soraya sabía que Joy era humana. ¿Importaba eso? No tenía ni idea de por qué había venido, pero tenía la sensación de que me iba a enterar. Su visita no fue algo de una sola vez. Iba a volver, estaba seguro de ello.

—¿Entonces ella no ha formado parte de la vida de Remy? —preguntó Joy—. ¿Tienes la custodia completa?

—Custodia... Joder. No tengo ningún papel. A ver, ella se fue e hice lo que pude.

—¿Y nunca regresó?

Aquí estaba la oscura verdad. Una por la que Joy podría juzgarme. Los humanos creían en cosas como la custodia compartida y cosas así.

—Yo, eh, dejé el circuito, cuando me enteré de que había vuelto de nuevo a nuestra ciudad natal, acepté el trabajo aquí en el Rancho Wolf.

—No te culpo por poner límites de esa manera —dijo Joy inmediatamente—. Lo último que querrías es que Remy se encariñara con ella y que volviera a abandonarla. Una cosa es un recién nacido, que no recuerdan; pero un niño de cuatro años no olvida.

Sentí alivio.

—Exacto. Me alegro de que lo entiendas.

—¿Así que no había visto a Remy desde que se fue?

Negué con la cabeza.

—No. Como dije, íbamos de un sitio de rodeo al siguiente. Pasamos por Montana y Boyd Wolf, un amigo del circuito, vino a vernos. Cuando vio que estaba criando a una niña en la carretera, me ofreció un trabajo en el Rancho Wolf. En aquel momento, agradecí la oportunidad de alejarme de nuestro pueblo natal y de Soraya. Además, esperaba que estar aquí significara que ella no podría encontrarnos fácilmente. Ella se fue. Tomó su decisión.

—¿Qué crees que quiera? —preguntó Joy.

Apreté la mandíbula y me aferré más fuerte a ella. Quería arrancarme la ropa, transformarme en mi lobo, correr para encontrar a Soraya y hacerla hablar. Pero no iba a dejar a mis chicas solas. Ahora no. Ni pensarlo.

—Remy, por supuesto. Ha venido por Remy. La pregunta es ¿por qué?

—¿Podría haber vuelto por ti?

Por la forma en que Joy se tensó al hacer la pregunta, me di cuenta de que debería haber dejado clara esa parte desde el principio.

—Nunca estuvimos juntos. No había amor de por medio. No éramos pareja. —Intenté decirlo de todas las maneras posibles para que Joy entendiera que no había competencia—. Fue un rollo de una noche, antes de volver al circuito de rodeo. Ni siquiera supe que estaba embarazada hasta que volví al pueblo seis meses después. Nunca me lo dijo. Es que ni siquiera intercambiamos números. Cuando me enteré, intenté hacer lo correcto y renté una casa decente para que se viniera conmigo. Compré todos los artículos para el bebé, a prueba de niños y todo. Luego se marchó en cuanto pudo. —Le acaricié la cara a Joy—. No éramos pareja. Nunca, cariño. Te conozco desde hace apenas dos días y siento más por ti de lo que nunca sentí por esa lo... —Me frené antes de decir loba.

—...loca.

Joy levantó las cejas riendo.

—¿Maléfica?

Me encogí de hombros.

—No quería decir que era una puta delante de ti.

Joy se rio y parte de la rabia que me había provocado la inesperada visita de Soraya se disipó.

—Me gusta tu risa.

Se calló, pero su amplia sonrisa perduró mientras me rozaba los labios.

—Quiero oír la tuya, Wes.

Las comisuras de mis labios se torcieron.

—Podría romperme la cara —dije, repitiendo las burlas que siempre me decían los chicos del rancho. Decían repetidamente que tenía «cara de puta en reposo».

Volvió a reír.

—Estoy dispuesta a correr el riesgo.

Joder. Me arrancó una sonrisa de verdad. Y ni siquiera dolió.

No, me sentí bien. Raro, pero bien.

Bajó la cara y me besó los labios. Levanté su cintura para ajustar sus piernas a horcajadas sobre mi regazo, frente a mí, y le devolví el beso.

—Joy, quiero conocerte. Quiero salir contigo,

conocer a tu familia y follarte de todas las maneras posibles.

Sonrió y se desató el top por el cuello, para que le cayera.

Mi lobo rugió tan rápido al ver sus tetas perfectas que temí que me brillaran los ojos.

—¿Qué tal si empezamos con esta noche? —preguntó con voz ronca.

Tiré de sus caderas sobre las mías, con la polla ya gruesa.

—Soy tu hombre.

17

WES

—¿Qué creéis que encontraremos hoy? —les pregunté a Johnny y Boyd mientras ajustaba la mantilla a la espalda de Sunshine.

Sunshine. Me hizo pensar en Joy. Todavía tenía su sabor en mi lengua tras el encuentro matutino, antes de que Remy se despertara.

En el establo del Rancho Wolf ensillábamos a nuestros caballos. Las tareas de la mañana ya se habían hecho y era hora de montar por el lado oeste de la propiedad para revisar los daños de la tormenta. Afluentes del arroyo arrastraron algunas cercas en el este y dejó varadas a un montón de vacas, por lo que esperábamos algo similar en el otro lado.

—¿Árboles caídos?

—Oye, Johnny. ¿Crees que Wes está sonriendo? —preguntó Boyd, levantando su montura.

Podía sentir a Johnny mirándome.

—Creo que tienes razón. Tal vez encontrar a su compañera fue la cura para su malhumor.

—Hemos estado buscando ese palo que tenía metido en el culo. Quizá solo necesitaba echar un polvo.

—Cuidado —gruñí, aunque no pude evitar que mi boca se inclinara hacia arriba.

—Eso es una sonrisa —añadió Johnny, señalando y sonriendo también.

Boyd se acercó. Me dio una palmada en el hombro.

—Bien por ti, amigo.

—Bien por Wes, ¿qué? —Rob entró en el granero.

—Encontró a su compañera. Es la vecina.

—Suena un poco como tú, hermano —le dijo Boyd a Rob. La pareja de Rob era Willow, que por lo que había oído, solía vivir en el rancho que compartía su valla con él.

Como alfa, Rob era más tranquilo que Boyd. Más calmado. Tampoco hablaba tanto. Pero cuando hablaba, todos escuchaban. Y tampoco era porque usara el mando alfa. Había sido nombrado alfa por una razón.

—¿Es cierto? _Rob se metió los pulgares en los bolsillos de los vaqueros.

—Sí. Joy Wallace.

—Ella hace cerámica, ¿verdad? —preguntó Rob.

Asentí con la cabeza.

—Alguien nos dio uno de sus jarrones como regalo de bodas. Está en el aparador del comedor.

—Estábamos hablando de la sonrisa de Wes —dijo Boyd.

—La marcó entonces. Enhorabuena. —Ahora Rob sonreía.

Sacudí la cabeza mientras acariciaba la suave nariz de Sunshine.

—Todavía no. La conocí hace dos días, cuando me mudé. Que la compañera predestinada que sea humana es difícil.

Los tres se rieron al unísono.

—Tío, ¿crees que no lo sabemos? —preguntó Boyd—. Tuve que minimizar lo rápido que me curé después de que un toro me corneara delante de Audrey.

—Tuve que decirle a Emma no solo que soy un cambiaformas, sino también un ejecutor. Qué buenos momentos —añadió Johnny.

Rob refunfuñó.

—Bueno, hazlo pronto entonces.

Se refería a que lograra que Joy se enamorara de mí, que aceptara ser mía, que estuviera de acuerdo con que Remy y yo éramos cambiaformas, que quisiera que la muerda y la marque y, ah, sí, que estuviese encantada con nosotros.

—No puedo apresurar las cosas —le dije—. Tengo que pensar en Remy.

Rob se apoyó contra la pared del establo.

—¿Cuál es tu preocupación? ¿A Joy no le gustan los niños?

Se me hizo un nudo en la garganta al recordar su dulzura con Remy.

—No, ella y Remy se llevan muy bien. Pero ¿y si no funciona? No quiero que eso le haga daño a Remy.

Rob me miró con dureza.

—Si no funciona, los sentimientos de una niña de cuatro años serán la menor de tus preocupaciones.

Me enfadé.

—¿Por qué? —le pregunté.

Ladeó las cejas.

—Por la locura lunar.

Locura lunar. Joder. Ni siquiera lo había pensado. Debía ser porque me estaba haciendo mayor, lo que me hacía más susceptible. Aunque no era alfa de mi manada, era alfa hasta la médula, otro indicio de la locura que sobrevenía si un lobo no marcaba a su pareja predestinada.

—Si a eso le añades que le dices que eres un cambiaformas y ella se escapa en lugar de dejarse marcar, tenemos un problema —dijo Rob.

Me pasé una mano por la nuca.

—Mierda, es que me preocupa no gustarle a Joy lo suficiente como para quedarse conmigo. No quiero que Remy se encariñe y luego se moleste cuando Joy se vaya. Su madre le hizo eso, pero al menos no lo recuerda.

Tensé la mandíbula al recordar que Soraya apareció sin avisar anoche. Necesitaba averiguar qué cojones tramaba.

—Si sigue por aquí después de tu mala actitud del otro día, hay esperanza. —Johnny apretó la cincha del flanco de su montura.

—Lo sé. Necesito que se enamore de mí. De mí y de Remy, porque Remy es lo primero. Si Joy no es la elegida, entonces tal vez mi lobo se haya equivocado con que ella sea mi compañera.

—O te volverás loco y tendremos que sacrificarte —añadió Rob.

Colton sacudió la cabeza.

—Tío, ¿ahora quién es el cascarrabias? ¿No puedes alegrarte por él?

Rob se encogió de hombros.

—Soy el alfa. Tengo que pensar en la manada. Hazme saber si hay algo que podamos hacer para ayudar.

—En realidad... —empecé.

No me gustaba pedir ayuda. Tenía una personalidad de lobo solitario, pero la manada del Rancho Wolf me estaba enseñando más sobre la confianza.

Los tres hombres me miraron fijamente.

—La madre de Remy ha aparecido. Fue a mi casa anoche, cuando trasladábamos el ganado.

—¿Quiere que vuelvas con ella? —preguntó Colton.

—No sé lo que quiere. Soraya es... es una zorra que abandonó a su hija.

Ya habían oído mi historia, pero negaron con la cabeza ante la idea de que una madre abandonara a su propio cachorro.

Me encogí de hombros.

—Seguro que no está aquí por mí. Un polvo de luna llena no era un atractivo para ella. Es imposible que haya vuelto por algo más, sobre todo después de cuatro años.

—Ha venido por Remy —supuso Rob.

Asentí con la cabeza.

—Esa es mi suposición. Pero ¿por qué ahora?

Rob miró a Johnny e inclinó la barbilla.

—Ponte a ello, Johnny. Averigua todo lo que puedas sobre Soraya, para poder conocer qué trama. Yo me encargaré de tu caballo mientras tú empiezas.

Johnny era el nuevo ejecutor de nuestra manada. Cuando Rob se ofreció a ayudarme de alguna manera, me imaginé que sería para cuidar a Remy o algo así. ¿Pero esto? Suspiré porque se sentía bien tener una manada a mi espalda. No estaba solo.

Johnny asintió.

—Entendido, alfa. —Me miró, me dio una sonrisa tranquilizadora y salió del establo.

—Puede que tarde un poco, pero Johnny descubrirá lo que Soraya trama —me aseguró Rob—. Si alguien de mi manada es amenazado, aunque sea por una loba, quiero saberlo.

Incliné la cabeza.

—Gracias.

Me miró.

—Tu trabajo sigue siendo lograr que tu humana se enamore de ti. Las alternativas no son tan buenas.

Como dijo Colton, ¿quién era el gruñón ahora?

18

JOY

YA HABÍA ANOCHECIDO cuando me metí bajo el chorro de agua caliente con un largo suspiro. Iría a casa de Wes después de ducharme sintiéndome más yo misma. Incliné la barbilla hacia abajo, cerré los ojos y dejé que el único capricho que me había permitido al comprar mi casa —el lujoso cabezal de la ducha— derramase agua caliente en mi espalda de forma perfecta. Acababa de llegar de casa de mi madre y luchaba contra la sensación de derrota.

Yo no era el tipo de persona que diría que había tenido un día de mierda, pero... si lo fuera, este era uno, sin duda.

Gemí en voz alta, el sonido rebotó en las baldosas verde aguacate. Debería estar agradecida. Había empezado el día con la cabeza de Wes entre las piernas; probablemente también lo acabaría así, y decir que tenía talento con la lengua era quedarme corta. Tal vez yo fuera insaciable. Tal vez él era así de bueno, pero me corría rápido. A velocidad récord.

No tenía motivos para quejarme. Las cosas podrían ser mucho peores. Podría sufrir depresión como mi madre.

Mi madre había estado de mal humor, y por eso había ido verla. No había podido conseguir un nuevo aire acondicionado, lo que significaba que no estaba durmiendo bien y en consecuencia, no podía mantener la compostura. Había considerado aceptarle la cita a Clyde, pero eso la ponía ansiosa. ¿Y si él cambiaba de opinión y la rechazaba? Todos los pensamientos habituales de chicas le rondaban por la cabeza.

Hoy había llamado al trabajo diciendo que estaba enferma porque no podía levantarse de la cama y cuando la vi, la encontré en un lugar muy oscuro. Nunca sabía cuándo estaba tan mal como para llevarla a un hospital. Nunca había intentado autolesionarse, así que al menos no tenía que preocuparme por eso. Aun así, era mi madre y quería que fuera feliz. Era duro ver cómo alguien ni siquiera lo intentaba.

Para aumentar mi tristeza, el perito del seguro se presentó para inspeccionar los daños de mi casa y parecía que iban a pasar semanas antes de que supiera cuánto pagarían por las reparaciones. Podía contratar a alguien para que hiciera el trabajo antes y me lo reembolsarían, pero no podía permitírmelo.

Tenía que seguir adelante con mi idea de hacer algunos turnos en la Taverna de Cody para conseguir dinero extra, que significaba estar todo el día en mi estudio y trasnochar sirviendo copas.

Volví a suspirar porque me cansaba solo de pensarlo.

El lado positivo. Piensa en el lado positivo. Mi negocio iba genial, y los contratiempos no eran algo que viera un cliente. Hacía cerámica, se rompía. Podría ser mucho peor. Tuve la suerte de conocer a Cody y de haber trabajado allí. Sería fácil para mí volver allí. Tenía suerte de poder conseguir un trabajo temporal como ese en un pueblo tan pequeño.

Tenía suerte.

¿Verdad?

Salí de la ducha, me envolví en una toalla y me dirigí al dormitorio en busca de ropa. El interior de la casa seguía siendo un desastre. La cama seguía volcada y bloqueaba el armario casi por completo. Ni siquiera había entrado con una escoba para limpiar los escombros porque no estaba segura de si el techo se me vendría encima. No había luz desde que el techo se había derrumbado y se había llevado el candelabro con él, así que tuve que valerme de la luz del pasillo para intentar ver.

—¿Joy? —El sonido de la voz profunda de Wes llamando desde mi puerta no me sobresaltó. Me produjo una oleada de placer y comodidad. Como si Wes perteneciera a mi casa y a mi vida.

—Estoy en el dormitorio —respondí.

—Más te vale que no estés ahí.

Sonreí ante su autoritario gruñido.

—Bueno, tengo mi ropa aquí. No puedo ir por ahí desnuda, ¿verdad?

Sus pesados pasos anunciaron que se acercaba.

—No es seguro este sitio. —En cuestión de segundos, Wes estaba en el dormitorio, cogiéndome por la cintura y dándome la vuelta para devolverme al pasillo. Mi toalla se desprendió y cayó en la puerta.

—Joder, cariño. —Sus ojos parecían brillar con un verde intenso mientras me devoraba con la mirada. Su mirada se clavó en mis pechos y gruñó en un bajo rugido animal—. La desnudez no tiene nada de malo

—murmuró, agachándose para recoger mi toalla mientras recorría lentamente mi cuerpo.

Me reí entre dientes y sentí cómo se me endurecían los pezones.

Lentamente, tomándose más tiempo del necesario, volvió a envolverme con la toalla, mirando primero hasta saciarse.

—Voy a sacar tu ropa de ahí. Joder, siento no haber pensado en hacerlo ayer. Pero ¿por qué estás aquí? No solo no estoy seguro de que tu techo no se va a derrumbar, sino que tienes cables eléctricos rotos colgando aquí. Podrías electrocutarte.

Parte de la sensación de derrota comenzó a instalarse de nuevo. No me estaba ayudando a mantenerme positiva. Mi casa era literalmente un desastre y tendría que vivir así durante semanas, si no meses.

—¿Por qué no te has duchado en mi casa? —me preguntó.

Mis hombros se hundieron.

—Tuve un día duro... Necesitaba estar sola un rato para recomponerme antes de ir.

—¿Recomponerte? —Wes me levantó antes de que me diera cuenta, con su antebrazo debajo de mi culo. Me inmovilizó contra la pared del pasillo y apretó su cuerpo contra el mío, poniéndonos nariz con nariz, mis pies flotando a un palmo del suelo. Podía sentir su polla dura por encima de los vaqueros, y la tenía pegada justo contra mi coño. Gemí y giré las caderas —. ¿Qué significa eso?

Suspiré.

—Significa que no quería molestaros ni a ti ni a Remy con mi malhumor o mi mal día.

Soltó una carcajada.

—¿Tú? ¿De malhumor? Creo que soy yo el que siempre está de mal humor. Cariño, no tienes que recomponerte para mí. No tienes que ocultar tu mal día. Tampoco por Remy. Tiene cuatro años. Sé que la has visto enfadarse y tener una rabieta. Y yo creo que tengo una versión adulta todo el tiempo.

Me escocían los ojos. Ay. No quería llorar, aunque lo que había dicho era gracioso y cierto.

Intenté besarlo para desviar la emoción, pero se quedó quieto y no me devolvió el beso. Me eché hacia atrás, perpleja.

—Te follaré hasta dejarte sin sentido, si es lo que necesitas, Joy, pero quizá lo que realmente necesitas es un buen llanto. Si es así, prefiero abrazarte y escucharte.

Un sollozo me subió por la garganta. No quería llorar. Ni siquiera de pie en medio del desastre que era mi casa, el lugar perfecto para dejar que mis sentimientos me ahogaran.

—Bájame —me atraganté.

Wes tenía el ceño fruncido. Me ayudó a ponerme en pie, pero no me soltó. Le di un empujón juguetón en el pecho para que se moviera —seguro que no quería quedarme aquí de pie sintiéndome tan expuesta mientras me miraba—, pero no se movió. Dios, me sentía más expuesta emocionalmente que cuando la toalla cayó hacía un minuto y me dejó al desnudo.

—Wes —susurré.

—Me parece —dijo lentamente, estudiándome—, que eres el tipo de persona a la que se le da muy bien animar a los demás. Eres alegre y amable. Eres el sol en medio de la tormenta.

Parpadeé con fuerza, pero las lágrimas empezaban a caer.

—Me encanta eso de ti —admitió.

Le encantaba eso de mí.

—Pero también está bien que no estés bien.

Apoyé la frente en su pecho ancho y musculoso, empezando a llorar de verdad. Sus brazos me rodearon.

—No siempre tienes que hacer limonada con los limones. A veces, las cosas simplemente son una mierda. O se rompen, como tu tejado. Podemos acurrucarnos juntos bajo las mantas, abrazarnos y estar el uno con el otro a pesar del dolor. Siempre que sea en mi cama, no en la tuya.

Dios mío.

Perdí el control por completo.

Sollocé en el pecho de Wes, sin saber de dónde venía tanta emoción. Supuse que se debería a media vida de ser alegre ante la depresión de mi madre. ¿Qué pasaría si mi madre me viera llorar? ¿Se hundiría aún más en una de sus crisis? Siempre tenía que enseñarle lo que era ser feliz.

Wes no se movió; se limitó a acariciarme la espalda con su enorme mano. Era mi roca, a la que me sujetaba mientras dejaba salir todo.

Entonces, como llorar me parecía tan descontrolado y a la vez tan bueno, empecé a reírme entre lágrimas.

Wes me apartó la cara de su camisa ahora húmeda y me miró con preocupación.

—¿Te estás riendo?

—Sí. No. Creo que sí —solté entre risas—. El llanto me sienta bien, así que me río. —Me reí más fuerte, con las lágrimas en las mejillas.

Una carcajada salió de los labios de Wes.

—¡Te has reído! —le acusé, señalándole la cara con el dedo. Su risa me hizo reír tan fuerte que se me acalambró el estómago. Me doblé, dándole una palmada en el pecho.

Wes se rio.

Me reí más fuerte.

Entonces, de repente, estábamos en el suelo de mi pasillo, yo acunada en el regazo de Wes, apoyada en uno de sus fuertes brazos. Me sequé las lágrimas, alternando entre la risa y el llanto. Wes alternaba risitas y besos en la parte superior de mi cabeza. Finalmente, agotada, me recosté en sus brazos y suspiré. Me acarició el brazo.

—¿Qué ha pasado hoy, cariño?

—No ha sido nada, la verdad. Es que no recibiré el dinero del seguro para arreglar la casa hasta dentro de un mes, más o menos, y... mi madre.

—¿Ella está bien?

—Sí. A ver, físicamente, sí. Mentalmente, lo está pasando mal. Sufre de depresión desde que se divorció de mi padre.

Wes gruñó.

—¿Fue complicado?

Asentí con la cabeza.

—Fue complicado. Hubo una batalla por mi custodia que duró años. Probablemente se debía más a que mi padre no quería pagar la manutención a que realmente quería que viviera con él. Mi madre nunca pudo soportar todo el estrés.

Wes me besó el hombro desnudo.

—Y tú te encargaste de animarla.

Me quedé inmóvil. ¿Lo había hecho?

—Sí. —Torcí el cuello para mirarle—. Tienes razón, supongo que sí.

—Tiene sentido psicológicamente. Era tu madre, la figura de la que dependías para sobrevivir cuando eras niña. Por supuesto, su bienestar mental era primordial para tu propia supervivencia. Te convertiste en la señorita Alegría.

Me hizo volver a llorar, sintiendo compasión por mi yo más joven.

—Sí, señorita Positividad Tóxica.

—No es tóxica —me aseguró Wes—. Pero quizá evitas las emociones desagradables porque te asustan.

Parpadeé rápidamente.

—Sí. —Por mi mente pasaron recuerdos de mi madre alterándose si yo estaba enferma o triste—. No quería entristecerla. Y sobre todo no quería acabar como ella.

—¿Entonces no está bien ahora?

—¿Hoy? No. No duerme bien, lo que agrava su depresión. Le he llevado la cena y he intentado animarla, pero... —suspiré.

—¿Cómo puedo ayudar?

—¿Tendrás un aire acondicionado extra por ahí? —bromeé.

—En realidad, sí.

Levanté la cabeza.

—¿En serio? —pregunté, atónita.

Sonrió. Sonrió ampliamente. Transformó toda su cara y me hizo sentir calidez en el pecho.

—Sí. Está en el rancho. Supongo que el verano pasado hizo mucho calor y Johnny compró una unidad de ventana para su habitación en el barracón.

—¿No lo está usando?

Wes negó con la cabeza.

—No. Rob instaló aire central. Lo traeré a casa mañana, luego podemos llevarlo a casa de tu madre. Yo lo instalo. ¿Qué te parece?

—Suena increíble. Muchas gracias.

—Bien. —Me levantó de su regazo y se puso de pie —. Ahora mismo, voy a sacar tu ropa del dormitorio, y vas a llevar ese dulce culo a mi casa. Y esta noche, después de que Remy esté en la cama, te espera un castigo por ponerte en peligro otra vez. —La cara de Wes adoptó una expresión lobuna.

Mi coño se apretó. Los pezones se me tensaron.

—¿Ah, sí? ¿Qué clase de castigo? —dije con un ronroneo en la voz.

—De los que acaban con el culo rojo y el coño empapado. —La voz de Wes era áspera y ronca, tanto que llegó directamente a mis partes femeninas.

Mi clítoris palpitó en un lento y constante estremecimiento. Me encantaba que fuera mandón. Me encantaba gruñón. Me encantaba que fuera heroico y que me defendiera como nadie lo había hecho antes. Parecía una locura y demasiado pronto, pero me estaba enamorando de él con todo mi ser.

Me apretó el culo con un agarre áspero y posesivo, luego me besó con intensidad.

—Me muero de ganas —suspiré cuando rompió el beso.

Sus ojos parecían brillar en la oscuridad.

—Joder. Yo también.

19

WES

LA NOCHE SIGUIENTE, después del trabajo, Remy, Joy y yo llevamos la unidad de aire acondicionado a casa de la madre de Joy.

Tras haberle avisado con tiempo, la señora Wallace nos esperaba en la puerta cuando llegamos. Si Joy no me hubiera dicho que había estado deprimida, no lo habría sabido. Ella y Joy se parecían tanto con su pelo rubio y ojos azules. Aunque los de la señora Wallace no eran tan vivos como los de su hija, ciertamente se iluminaron al ver a Remy.

Iba a tener que ponerle extra malvaviscos en el chocolate caliente a Remy porque enseguida se encariñó con la señora *Wall*, le habló a gritos de su día en el cole y luego la convenció para que le hiciera galletas.

Lo único que hice fue darle la mano cuando Joy me presentó y luego instalé la unidad de ventana en su dormitorio. Al ver lo contentas que estaban las tres, decidí dejar que pasaran un rato de chicas y me fui a casa.

Menos mal que lo hice.

No habían pasado ni diez minutos cuando Soraya apareció. No sabía si había llegado a tiempo a propósito o no.

—Vengo a buscar a Remington —dijo en cuanto abrí la puerta y me apoyé en el marco. No la iba a dejar entrar y el gesto lo dejó muy claro.

—Le decimos *Remy*, lo sabrías si hubieras estado por aquí.

Soraya ladeó una cadera, dejando que sus hombros se hundieran en señal de derrota.

—Quiero ser su madre.

No había visto a Soraya en todo este tiempo. Estaba igual. Hasta se veía bien: pelo oscuro y liso, piel pálida, alta y delgada. Pero yo conocía su corazón. Conocía su naturaleza, y era horrible.

—Claro, pero entonces creo que no deberías haberte marchado hace cuatro años —repliqué.

—Sé que no debería haberme ido. Me asusté. No sabía nada de criar a una cachorra, y ella era tan pequeña e indefensa.

Cielos, recordé aquellas largas noches con una bebé llorando en brazos, sin poder dormir. Maldiciendo a Soraya por dejarnos.

—Yo tampoco sabía nada —repliqué—. Pero no abandoné a la pequeña cachorra cuya vida dependía de mí.

—Sí, sabía que se te daría mejor. Supuse que yo la jodería. Yo era un desastre. Pero ahora me he recompuesto y la quiero de vuelta. Es mi hija.

—¿Cuál es la versión femenina de un donante de esperma? ¿Una madre de alquiler? Solo fuiste un vientre para que ella creciera. Nada más.

¿Fui duro? Claro que sí.

Observé cómo se le endurecía la expresión de la cara. Lo que fuera que estuviese jugando antes, sentirse apenada o sincera, era solo eso: un juego.

—¿Qué es lo que quieres, Soraya?

—Quiero a Remy. —Cruzó los brazos sobre el pecho.

El contraste entre Soraya y Joy era evidente. Soraya exudaba... codicia. Quería a Remy por alguna razón y esperaba conseguirla. Pensé en lo que Joy me había contado sobre su padre, que había luchado por la custodia para evitar pagar la manutención. ¿Podría querer a Remy para que yo tuviera que pagarle la manutención?

Tenía que estar delirando si pensaba que alguna vez renunciaría a mi hija. Yo tenía corazón, a diferencia de ella.

Había aparecido como si viniera a pedir una taza de azúcar, yo se la daba y ella se iba.

A Joy era generosa, le gustaba dar. Daba y daba hasta quedarse vacía. Yo ahora sabía cómo era ella cuando eso ocurría. Sería mi trabajo como su compañero darle todo cuando lo necesitara, porque su brillo me iluminaba a mí.

Soraya, por otro lado... Era una sanguijuela.

—Eso no va a pasar.

Arqueó una ceja.

—¿No? No tienes voz ni voto.

—¿Que no tengo? ¿Te has vuelto loca? Ha sido mía desde el momento en que me dijiste que era demasiado y necesitabas marcharte. Es mi hija. Mi puta vida. Tengo toda la voz y el voto.

No se acobardó en lo más mínimo.

—Mira, cuando el consejo se entere de que vives con una humana, me la entregarán.

De repente sentí un frío glacial. Muchísimo frío.

También quería acercarme a ella y estrangularla, pero eso no la mataría. Me estaba amenazando por Joy.

—Puedo olerla en ti. —Su nariz se arrugó como si el olor fuera asqueroso.

Me encantaba tener el olor de Joy en mí. Mi lobo se calmaba con ella.

Levanté la barbilla.

—Vete, Soraya. Vuelve del agujero del que hayas salido. Déjanos en paz, joder.

Dio un paso hacia mí. Inclinó la barbilla hacia atrás para que nos miráramos a los ojos.

—Voy a convocar una audiencia del consejo. Se van a poner de mi lado.

—Sí, buena suerte con eso —gruñí, aunque no estaba muy seguro.

¿El consejo se pondría de su parte? ¿Tomaban decisiones a favor de las lobas basándose en su biología? ¿Intentaban evitar que un cachorro se criara en una familia mixta?

—Volveré. —Soraya descendió por la entrada sacudiendo su larga y espesa melena.

La observé hasta que se subió a su coche y tomó la calle. Entonces saqué el móvil y llamé a Johnny.

—¿Ya tienes información? —le pregunté.

Johnny se rio.

—Hola, tú. Parece que vuelves a ser el mismo cabrón. ¿No debería tu compañera...?

Le interrumpí.

—Soraya volvió a pasar por aquí. Ha venido por Remy.

—Joder, tío. Perdona. Déjame revisar el correo de mi contacto en tu antigua manada.

Entré, cerré la puerta y me puse a dar vueltas. Menos mal que las chicas no estaban aquí. Las asustaría a las dos en este momento. Menos mal que habría luna llena al día siguiente y los lobos podríamos correr.

—Nada todavía.

Suspiré y me froté la frente.

—Mierda.

—Si hay algo ahí, lo encontraremos —juró.

—Hay algo. Esa mujer es como Jekyl y Hyde. Hace todo lo posible por parecer dulce, para que yo ceda, pero cuando no le doy lo que quiere, se le salen las garras.

—Parece divertida —murmuró Johnny.

—Mencionó que va a llevar el caso al consejo.

—Todavía no me han dicho nada —dijo—. Lo sabría porque estás en mi manada y te protejo.

Johnny era un niño en comparación conmigo, y

tenía el trabajo de protegerme. Lo apreciaba y a él también.

—Avísame si te enteras de algo.

—Lo haré.

Tenía que esperar. Traté de ser como Joy y sentirme como un sol, pero supe después de intentarlo durante dos segundos que no iba a funcionar.

Mi ex quería a Remy. No iba a ser feliz hasta que todo se resolviera.

20

JOY

No recordaba ver a mi madre tan entusiasmada...

La pequeña Remy usó sus artimañas de cuatro años con ella y obtuvo galletas, chocolate caliente, una película de princesas y una manta especial para mirarla, que era una vieja manta rosa que mi madre encontró en el armario. Hasta consiguió zumo de manzana con dos cerezas al marrasquino.

Decir que Remy había sido mimada era quedarse corto.

Decir que no me importaba porque a mi madre le había encantado cada momento también era quedarse corto.

Mi madre sonreía.

Mi madre reía.

Mi madre la abrazaba.

Mi madre era la que yo recordaba de cuando era pequeña.

¿Creía que se había curado de su depresión? Claro que no.

Pero tenía un buen día y, con suerte, ella y Remy podrían volver a pasar tiempo juntas.

Cuando Wes nos recogió, tuvo que llevar a Remy en brazos hasta el coche porque estaba profundamente dormida. Tampoco se despertó cuando Wes la acomodó en la cama al llegar a la casa.

—¿Qué pasa? —pregunté después de que cerrara la puerta del dormitorio de ella. Sabía que el silencio en el coche no se debía a que no quisiera despertar a su hija. Si dormía con una tormenta y con el árbol que se había caído en mi casa, podía dormir con nuestras voces.

No, algo iba mal. Estaba acostumbrada a su carácter de cascarrabias, pero esta vez irradiaba ira y frustración. Le rodeé con los brazos.

—Dime —dije pegada a su camisa.

—Soraya ha vuelto.

Me aparté y le miré.

—¿Qué ha pasado?

—Dijo que quería a Remy. Le dije que se fuera.

—¿Dijo por qué?

Apretó las muelas y negó con la cabeza.

Le cogí las manos.

—¿Qué vamos a hacer?

No sabía nada de leyes de custodia de menores, pero sabía lo buen padre que Wes era. Si Soraya abandonó a su propia hija nada más nacer, tenía que haber algún precedente para que Wes se quedara con la custodia. Aun así, daba miedo, y Remy ni siquiera era mi hija.

Me había involucrada en esto. Me dolía la situación de Wes y me sentía feroz por Remy, porque aquella mujer no tenía ni un hueso de madre.

La comisura de los labios de Wes se inclinó hacia arriba.

—Me gusta que has dicho «qué *vamos*».

Me subí a su regazo y le acaricié la cara.

—Tú me ayudaste, ahora yo te ayudo a ti.

De alguna manera.

—Tenemos que esperar a ver qué pasa después. Responder de manera apropiada.

Esa fue una respuesta horriblemente vaga, pero en realidad, no había mucho que hacer hasta que tuviéramos algo concreto a lo que reaccionar y responder.

Hasta entonces, teníamos que esperar. Tenía que

calmar a Wes, de alguna manera. Las palabras podrían funcionar un poco, pero yo sabía qué lo calmaría, porque cuando yo había estado agotada por la caída del árbol en mi casa, él lo supo.

Lo besé con fuerza. Me devolvió el beso, haciéndose cargo. Sí, necesitaba esto. Se lo daría. Giré mis caderas contra él, y mi coño se alineó perfectamente con la áspera tela de sus vaqueros.

—Wes —susurré.

—Mía —gruñó. Luego me agarró de las caderas y se puso en pie.

Le rodeé la cintura con las piernas y me llevó a su dormitorio. Ya pensaríamos qué hacer con Soraya. Juntos.

21

JOY

A la noche siguiente, estaba instalada de nuevo en el jardín trasero de la extensa casa del rancho de Rob y Willow Wolf. Marina me había invitado a pasar la noche con las mujeres del rancho Wolf mientras los hombres trasladaban más ganado.

Como mi casa estaba al borde de la ruina, al menos temporalmente, y existía la posibilidad de que la loca de Soraya volviera a pasarse por allí, estaba encantada de pasar la noche lejos de la casa de Wes.

Remy estaba en el interior de la vivienda mirando una película con Lily, la hija de Clint, otro tío del rancho.

Como había vivido en Cooper Valley toda mi vida, conocía a la mayoría de las mujeres de acá, pero era

una delicia conocerlas mejor. Bebimos vino y pico-
teamos una magnífica variedad de embutidos. Parecía
que Marina hacía algo más que hornear postres. Me
encantó formar parte de su grupo. En el rancho se
respiraba un ambiente muy unido, no solo entre los
hombres, sino también entre las mujeres. Por suerte
para mí, parecía que en cuanto empecé a salir con
Wes, me incluyeron como parte de su círculo. Fue un
honor.

El grupo incluía a Marina, a la que amaba, y a su
hermana Audrey, esposa de Boyd Wolf y ginecóloga y
obstetra local. También estaba Becky, que trabajaba
como enfermera con Audrey. La niña pequeña, Lily,
era hija suya.

Riley, la mujer de Cody estaba aquí, y también
Emma, recién llegada de Los Ángeles, que salía con
Johnny. Natalie era la dueña del rancho contiguo al
Rancho Wolf, y la última sentada en el círculo de sillas
era Charlie, la veterinaria del rancho.

—¿Dónde está Willow? —pregunté, refiriéndome
a la esposa de Rob Wolf.

—Ah, es en serio que va a ayudar a los hombres —
dijo Marina con una risita.

—Bien por ella. —Me metí una aceituna en la
boca. Willow parecía una mujer dura. Si había entendido bien, había venido encubierta al rancho de

Natalie con el FBI cuando conoció a Rob. ¡Qué locura!

Justo en ese momento, Lily salió corriendo, con la puerta de la mosquitera golpeando detrás de ella.

—¡Mamá, yo también quiero correr con los lobos!

Un par de mujeres me miraron y se rieron mientras Becky subía a la niña a su regazo para abrazarla.

—¿Seremos las *Mujeres que corren con los lobos*? —Recordé el libro que mi madre tenía junto a la mesilla de noche hacía años.

Marina se rio.

—Bueno, es el Rancho Wolf, así que tenemos que hacer todas las conexiones con los lobos que podamos.

—Correcto —concordé y me puse de pie—. Déjame ir a ver a Remy —dije, ya que ahora estaría sola en la casa. Ella había estado en el rancho más que yo, ya que pasaba tiempo aquí mientras Wes trabajaba, pero la casa era grande, y yo sabía que tenía un poco de miedo de la reina mala de la película.

—Se fue a correr con los lobos —dijo Lily, arropada en el pecho de su madre.

—¿Ah, sí? —pregunté alegremente—. Bueno, tal vez yo también vaya. —Entré a la sala donde las chicas habían estado viendo la película, pero Remy no estaba allí.

¿Dónde estaba?

Busqué en el baño y en la cocina, pero no estaba.

—¿Remy? —llamé.

Una punzada de desconfianza me invadió.

—¿Remy? —grité.

Ahora entendía por qué Wes había estado tan gruñón la noche que nos conocimos. Le había preocupado no encontrar a su niña. Por supuesto, no era para menos. Pero ahora que a mí me ocurría lo mismo, tuve que luchar con la sensación de pánico.

Volví rápidamente al exterior.

—Lily, ¿dónde dices que ha ido Remy?

Lily señaló lejos de la casa.

—Afuera, a correr con los lobos.

Afuera. Vale.

Probablemente no hubiese nada de qué preocuparse. El rancho era seguro. Remy debía de estar en el porche delantero.

Eso esperaba. Aun así, se me aceleró el pulso cuando cambié de dirección y volví trotando a la casa —por si acaso se había escondido dentro— hasta la puerta principal.

—¿Remy? —Abrí la mosquitera y volví a salir.

La ropa diminuta de Remy estaba esparcida por los escalones.

¿Qué?

Becky me había seguido, llevaba a Lily en la cadera.

—¿La has encontrado?

—No, pero he encontrado su ropa. —Señalé el pequeño montón.

—Um —dijo Becky.

—¡REMY! —Alcé la voz y grité en la fresca noche de Montana. Había luna llena, así que al menos podía ver un poco mientras escudriñaba el paisaje cercano.

—Se quitó la ropa para ser como un lobo —dijo Lily.

—Ohhh. —Becky pareció entender a su hija mejor que yo—. ¿Quería encontrar a su padre?

Lily asintió con su rubia cabeza.

—Sí. Corrió arriba hacia la montaña

Ay, joder.

—¿Qué? —Intenté mantener la voz calma para no asustar a Lily, pero estaba muy preocupada—. ¿Por la montaña?

¿Remy corrió desnuda montaña arriba? ¡Joder!

La voz de Becky igualó mi tensión.

—Vale, no puede haber llegado muy lejos. Déjame traer a los otros y nos dividiremos para encontrarla.

—De acuerdo. —Corrí a buscar el móvil para usar la linterna, las otras mujeres vinieron desde el jardín trasero.

—Debería llamar a Wes —dije marcando su número.

—No creo que tengan señal donde están —dijo Audrey—. Puede que vayamos solas con esto durante un rato, pero la encontraremos. No puede haber ido muy lejos.

—Cierto. Lily ha salido hace un minuto —coincidió Becky, esbozando una sonrisa nerviosa—. Probablemente justo después de que Remy se fuera.

—No, estuve viendo la película un rato —dijo Lily—. Se fue antes de que los ratones empezaran a bailar.

Corrí hacia afuera en pánico.

—¡REMY!

—¿Por dónde se fue, Lily? —le Becky preguntó a su hija, permaneciendo a mi lado.

Esperé a que la niña señalara, entonces ambas nos dirigimos en esa dirección.

—Marina y yo iremos por aquí —dijo Audrey, señalando a la derecha—. Riley, tú y Emma vayan por allá. —Señaló a la izquierda de la dirección donde Becky y yo nos dirigíamos.

—Iré a caballo —ofreció Charlie—. Puedo cabalgar hasta encontrar a los chicos para que se pongan a buscar también.

—Iré contigo —dijo Natalie.

Remy está bien. Remy está bien, me dije a mí misma.

Tal como había estado perfectamente a salvo comiendo un helado en mi porche, cuando Wes no pudo encontrarla el día de la mudanza. De momento, probablemente estaría perfectamente a salvo.

Por otra parte, estaba desnuda en una montaña, por la noche. Hacía buen tiempo, no había posibilidad de tormentas como las últimas noches, y hacía calor. Pero las probabilidades de que se perdiera o la mordiera una serpiente de cascabel o...

No, tenía que parar de pensar.

No podía pensar así. La encontraríamos.

Se me oprimió el pecho de amor por la niña. La recordé cuando se quedaba dormida en mis brazos, su alegre charla con mi madre ayer por la noche y los abrazos gigantescos que me daba cada vez que me veía y se me empañaban los ojos.

Pero no había razón para llorar. ¡Ella estaba bien! ¡Estaba bien! La encontraríamos.

—¡Remy! —llamé.

Oí a Audrey y Marina llamando a la derecha, y a Emma y Riley llamando a nuestra izquierda. El sonido de los cascos de los caballos pasó por delante de nosotras, mientras Natalie y Charlie tomaban el sendero que subía por la ladera de la montaña.

—¿Remy? —Tenía el corazón en la garganta y el estómago hecho un ovillo. Me costaba respirar.

Cuantos más minutos pasaban sin que la encontráramos, más me asustaba.

—Uno de nosotros debería haberse quedado en casa —me di cuenta, deteniéndome un momento—. Vuelve tú —le dije a Becky, porque llevar a una niña de dos años en una excursión nocturna era probablemente más difícil de lo que ella hacía parecer—. En caso de que siga en casa o regrese allí.

—Bien pensado —dijo Becky, asintiendo—. Dame tu número, te llamaré si veo algo o si ha estado escondida por allá.

—¡Dios, no tengo los números de todos! —Mis dedos temblaron mientras abría la pantalla de mi teléfono para introducir su número.

—Enviaré un mensaje de grupo, para que tengas el de todos —me tranquilizó Becky—. Ya lo tengo preparado. Solo dame tu número.

Le di los dígitos seguidos de un rápido y tenso abrazo antes de separarnos. Estando sola era aún más difícil mantenerse positiva.

Remy podía estar lastimada o perdida.

¿Y si no la encontrábamos antes de que ocurriera algo terrible?

¿Y si...? ¡Ay, Dios! ¿Y si su madre hubiera venido al rancho y la hubiera secuestrado?

No, no sería eso. Lily había dicho que quería huir

con los lobos. Lo habría mencionado si se hubiera ido con alguien.

Seguí caminando, gritando el nombre de Remy hasta quedarme ronca.

A lo lejos, oí el aullido de un lobo.

Se me erizaron los pelos de los brazos. Cuando un coro de lobos respondió al aullido, me asusté. ¿Y si era el grito de victoria de una cacería?

¿Y si habían cazado a una niña de cuatro años?

Se me doblaron las rodillas de miedo.

—¿Remy? —grité—. ¡REMY! ¿Dónde estás?

22

WES

EL INCONFUNDIBLE AULLIDO de Rob fue una llamada; todos nos detuvimos y nos acercamos a él. En cuanto percibí el olor de los caballos, supe que algo iba mal. Las mujeres debían de haber cabalgado hasta aquí porque había ocurrido algo. No había otra razón para que lo hicieran. Sabían que era una distracción, y además los caballos se ponían nerviosos.

Corrí hacia la cresta donde estaba Rob, en forma humana, con Charlie y Natalie.

—Remy está en la montaña —dijo escuetamente, sin esperar a que me transformara—. Dijo que quería correr con los lobos. Las mujeres están tratando de encontrarla. Ve ahora, enviaré al resto después de ti.

Me di media vuelta y corrí montaña abajo, con las patas raspando las rocas a toda velocidad. Me detuve cuando oí voces. Eran las mujeres gritando el nombre de Remy. Agucé los oídos para escuchar la respuesta de mi hija.

Ahí estaba.

No estaba seguro de si había oído su voz o si era solo el instinto de lobo que me guiaba, pero estaba seguro de en cuál dirección ir. Me di la vuelta y galopé montaña abajo. El frenético sonido de la voz de Joy llamando a Remy se hizo más fuerte. Mi compañera también iba por el camino correcto.

Por supuesto, era mi compañera. Humana o no, tenía instintos para su cachorra. Y, sí, ahora creía que Remy era la cachorra de Joy, incluso después de menos de una semana de conocerla. Sentía más amor por mi hija y se responsabilizaba más de su cuidado que Soraya.

Pero ahora no podía pensar en la madre biológica de Remy.

Eso era otra mierda.

Ahora tenía que encontrar a Remy.

—¡Joy!

Ahí estaba.

Escuché la voz de mi hija. El sonido era débil y delgado, pero estaba seguro de que era ella. Me detuve el tiempo suficiente para aullar y dejar que la manada supiera que estaba en su camino, luego me apuré en la dirección de su voz.

—¿Remy? —Joy también la había oído—. ¿Dónde estás, cariño? ¡Ya voy!

Me deslicé hasta el borde de una grieta y me asomé por la cornisa. Mi niña estaba en el borde, desnuda, excepto por sus sandalias.

El destino tenía que ayudarme.

Levanté mi hocico hacia la luna y aullé, haciendo saber a la manada que la había encontrado.

—¡Papi! —gritó Remy, reconociendo a mi lobo. Agitó sus bracitos—. ¡Estoy aquí abajo!

—¡Te veo, Remy! —Joy ya estaba deslizándose por el borde opuesto de la bajada, patinando. ¡Mierda, se podía lastimar!

Salté a la cornisa debajo de mí, luego a otra, tomando la escarpada pared del acantilado en pequeños tramos hasta que estuve abajo. Corrí hacia Remy, que me echó los brazos al cuello y empezó a llorar.

—¡Remy, no te muevas!

Por un momento, no pude entender la tensión y el miedo en la voz de Joy.

Entonces me di cuenta. Tenía miedo de mí.

De su propio compañero.

Ella no me había visto en forma de lobo. Todavía no sabía lo que era.

Los aullidos de mis compañeros de manada al llegar y reunirse en la cresta aumentaron el miedo de Joy. Les lanzó una rápida mirada mientras se agachaba para recoger una gran roca, avanzando lentamente hacia nosotros con sigilo. Agarró la roca por delante de su cuerpo, como si estuviera lista para usarla.

—Aléjate lentamente del lobo, Remy —le advirtió Joy. Su voz era tranquila y firme, pero oí el miedo de trasfondo. Tenía la cara llena de sudor y los ojos desorbitados. Sopesaba la piedra en la mano como si fuera una pelota de softball.

—No quiero —gimoteó Remy, sin entender por qué debía alejarse de su padre.

—No pasa nada. Ven hacia mí —le hizo señas con la mano libre, todavía arrastrándose hacia nosotros.

Luego se levantó, como un jugador de softball y me lanzó la piedra. Tuve que esquivarla para evitar que me diera en la cabeza. Si hubiera sido cualquier otra persona, me habría cabreado, pero estaba orgulloso de mi feroz compañera. ¡Tenía talentos ocultos!

Remy gritó.

—¡Para! —Me echó los brazos al cuello—. No lastimes a mi papi.

—¡Remy! —gritó Joy alarmada.

A la mierda. No me importaba si Rob y toda la manada me veían romper nuestras reglas . Joy era mi compañera. No iba a dejarla ir. Sin embargo, no tenía idea de lo que ella haría para proteger a Remy de una supuesta amenaza. Ya me había atacado con una roca. Podría sobrevivir, pero si se desesperaba, podría ser imprudente y salir lastimada. Y herir a Remy con ella.

Iba a todas con ella, descubriríamos cómo estar juntos como cambiaformas, cachorra cambiaformas y humana, o moriría en el intento.

Eso significaba que Joy tenía que saber lo que yo era.

Me transformé y me coloqué junto a Remy.

Joy gritó y tropezó hacia atrás, se cayó de culo.

—Tranquila. Soy yo. —Me acerqué y la levanté para ponerla de pie, tirando de ella bruscamente hacia mi cuerpo. Temblaba, sudaba, tenía la respiración acelerada.

En mi periferia, vi a los lobos de mi manada escabullirse para darnos intimidad.

—No te haré daño, Joy.

Me miró boquiabierta y luego, como la vez que

había soltado una risita en medio de sus lágrimas, se rio.

—¿Wes? —Tenía la sonrisa amplia, como si fuera una divertida coincidencia encontrarse aquí en la montaña conmigo desnudo, acabando de transformarme.

—¿No tienes miedo...?

—¿De ti? —Se siguió riendo y me abrazó—. ¿Por qué iba a tener miedo de ti?

Remy envolvió sus pequeños brazos alrededor de la cintura de Joy desde atrás.

—Eh, ya sabes. Por lo del lobo. —Le revolví el cabello a Remy, luego di un paso atrás para alzarla en mis brazos, así sabía que estaba a salvo.

Joy la incluyó en nuestro pequeño círculo y empezó a reír con más ganas.

—¡Eres un lobo!

La risa parecía ser su única opción cuando necesitaba sacar las emociones del cuerpo. Risa o sexo. Definitivamente, no prefería llorar, pero yo la ayudaría con eso. Quería que se sintiera segura expresando todas sus emociones, incluso las más tristes.

Tendría un exceso de adrenalina en su cuerpo más tarde, y yo definitivamente podría sacársela otra vez. Por ahora, sin embargo, la abrazaría. Abrazaría a mis dos chicas.

—¡Mi padre es un lobo! —gritó Remy con orgullo. Luego se volvió hacia mí y me golpeó las mejillas con sus manitas—. Quería correr contigo esta noche, papá.

—Sí, mi amor, eso fue un problema. —Los cambiaformas estaban acostumbrados a verse desnudos, así que Remy no se dio cuenta del estado de mi desnudez—. Todavía no te puedes transformar. No hasta que llegues a la pubertad, cuando seas más grande. Mucho más grande. Hasta entonces, tienes que quedarte atrás con los humanos en las carreras de luna llena. Ya lo sabes.

Suspiró.

—Pero quería ver a los lobos.

Miré a Joy. Tenía tanto que explicarle.

—Bueno, no te lo mostramos esta noche porque Joy no sabía que éramos lobos. ¿Recuerdas que hablamos de que era un secreto?

—Pero Joy es parte de nosotros —insistió Remy, asintiendo con la cabeza. Tenía el pelo alborotado y la cara manchada de tierra.

Por alguna razón, eso me derritió. Miré a mi hermosa compañera y le rodeé la cintura con el brazo.

—Lo es. Yo espero que lo sea.

Joy también tenía lágrimas en los ojos.

—No sé lo que eso significa. —Se estaba riendo de

nuevo—. ¿Me estás preguntando si puedes convertirme en lobo o algo así?

Fue mi turno de reír, un sonido extraño que salió de mi garganta y me sorprendió.

Eso hizo que Joy se riera más. Y Remy.

Sacudí la cabeza.

—No, cariño. Solo quiero que seas mi compañera, que mantengas a nuestra manada en secreto y que lleves mi olor.

—Eh... vale. —Todavía había risa en la voz de Joy.

No estaba seguro de si Joy me tomaba en serio o entendía en qué se estaba metiendo, pero se lo explicaría todo cuando estuviéramos de vuelta en casa. Ahora necesitaba sacar a mis dos hembras de este barranco de montaña.

Como para puntualizar esa idea, Remy gimoteó:

—Quiero irme a casa.

—Súbete a mi espalda, nena, y llevaré a mis chicas a casa —dije antes de ponerme a cuatro patas y cambiar a forma de lobo. Remy estaba en mi espalda y Joy me seguía a mi lado mientras tomaba el camino directo de regreso a la casa del rancho. Después nos íbamos a casa.

23

JOY

W ES ERA UN LOBO. Un lobo negro gigante.

UN LOBO.

Un lobo de ojos verdes que brillaban en la oscuridad de la noche. Ya había visto esos verdes ojos de lobo, pero jamás me imaginé el secreto que guardaban.

Todavía intentaba digerirlo todo. El hecho de que mi nuevo vecino —mi nuevo novio— fuera en realidad un lobo. No tenía sentido, pero lo había visto con mis propios ojos. Era real.

Remy había estado abrazando a un lobo, cosa que ya era bastante loca de por sí, y de repente era Wes.

¡Puf! O ¡pum! O... ¿aullido? A Remy no le sorprendió en absoluto que su padre fuera un lobo y volviera a ser... humano. Estaba tranquila porque lo sabía. A los niños de cuatro años les parecían bien las locuras si eran normales. No sabían que no era normal.

Otras pistas que había pasado por alto me llegaron tan rápido a la mente. Ella había dicho que quería ir a correr con los lobos, lo cual cobró mucho más sentido cuando entendí que su padre era uno de ellos. También había llamado loba a su madre. ¿Qué había dicho cuando Soraya vino a casa? «No me gusta, aunque sea una loba».

Me preguntaba cómo lo había sabido. A mí no me parecía más que una zorra. ¿Tenían algo en la apariencia los cambiaformas que debería buscar? ¿Algo como el brillo verde de los ojos de Wes? Pensé que había sido un truco provocado por la luz. Tenía que haber algo más que ojos, ¿no?

Mientras íbamos de vuelta a la casa del rancho de Rob y Willow, caminé junto a Wes, admirando la hermosura del animal: el espeso y brillante pelaje negro, los anchos y musculosos hombros que se movían con gracia mientras se desplazaba sobre poderosas patas. Maldita sea, ¡su lobo era lo suficientemente grande como para que un niño lo montara en su lomo como si fuera un caballo!

Mi mente se desvió hacia el grupo de lobos al borde del barranco. Habían aparecido justo después de Wes.

Dios, ¿los del rancho también eran lobos? Tenían que serlo. ¿Estuvieron todos corriendo juntos...?

¿Y por qué?

Las mujeres me habían mentido cuando dijeron que los hombres estaban arriando al ganado. Ganado, ni de coña. Eso significaba que ellas lo sabían. Por supuesto que lo sabían. Estaban saliendo con ellos o casadas. Había vivido en Cooper Valley toda mi vida, ¡y nunca me había dado cuenta de que el Rancho Wolf era literalmente un rancho de lobos! Habían hecho un buen trabajo manteniéndolo en secreto.

Al regresar, todos nos esperaban en el porche y fueron directamente hacia Remy para darle abrazos y montones de atenciones, mientras Wes, que ya no era un lobo, pero seguía desnudo, desaparecía para ponerse la ropa, dondequiera que la hubiera dejado.

—Seguro que tienes preguntas —me dijo Marina, apartándome—. Siento haberte mentido, pero no es cualquier secretito.

—El secreto ha salido a la luz. Voy a responder a todo lo que se le ocurra a Joy —gruñó Wes, acercándose por detrás. Me pasó un brazo por la cintura y besó mi sien—. ¿Estás bien? —murmuró. —Estaba sudoroso, lleno de tierra. Incluso tenía una ramita en el pelo—. ¿Te estás volviendo loca?

—Estoy... no, estoy bien. —Moví la cabeza. No estaba flipando. Estaba más bien fascinada. Curiosa. Moría por saber más.

—Bueno, si necesitas hablar de ello mañana, llámame —ofreció Marina—. Para mí también fue un secreto. Sé lo que es descubrir que tu novio sea de otra especie y que quiera marcarte como su compañera, para siempre.

Parpadeé.

—¿Que qué?

—No estás ayudando —le gruñó Wes a Marina. Tenía las cejas enarcadas, con su típica cara de malhumor, pero intuí que era porque le preocupaba cómo me lo estaba tomando. No dejaba de lanzarme miradas escrutadoras.

—Si te parece bien, voy a darle a Remy un baño rápido, ya que está sucia y sin duda se quedará dormida de camino a casa —dijo Wes.

—Por supuesto —respondió Marina—. Cogeré una de mis camisas para que se la ponga como camisón.

No hablamos mientras ayudaba a Wes a meter a Remy, cansada y malhumorada, en la bañera para darle el baño más rápido del mundo. Como era de esperarse, ella se durmió incluso antes de que Wes entrara en la carretera de tierra.

—Cuéntame. —Le cogí la mano que descansaba sobre su muslo y acerqué nuestros dedos unidos a los míos.

Me dedicó otra de esas miradas escrutadoras mientras conducía.

—Bueno, ahora sabes que soy un cambiaformas.

—¿Y todo el mundo lo es en el Rancho Wolf?

—Casi todos. —Me apretó los dedos—. Esta noche había luna llena, y tenemos la necesidad de correr bajo ella. Es una tradición de la manada reunirse cada mes para ello. Todos los que se quedaron son humanos.

Nombré a todos solo para asegurarme.

—Marina, Charlie, Natalie, Emma, Riley y Audrey. Ah... y Becky.

—Así es. Todas están apareadas con cambiaformas.

—Apareadas... ¿Casadas...?

—Como si el destino los hubiera juntado. Los hombres reconocen a su compañera por el olor.

Jadeé, al notar que una cosa más tuviera sentido.

—¡Por eso Soraya me olió!

Los labios de Wes se torcieron un segundo.

—Sí. Estaba viendo si eras una loba.

—Ella es una loba; Remy lo dijo después de que Soraya viniera aquella noche, pero no entendí lo que quería decir.

Él asintió.

—Sí.

—Eso significa que Remy es una loba.

—Sí. Pero no se transformará hasta la pubertad.

Sacudí la cabeza con incredulidad.

—Increíble.

No sabía por qué Wes había pensado que me asustaría. No podía estar más emocionada. Era como descubrir que la magia era real.

Wes me miró.

—¿Te parece increíble?

—Creo que es increíble. —Recordé su aspecto de lobo negro gigante—. Tú eres increíble.

—¿No estarás por ahí perdiendo la cabeza mientras finges estar bien?

Me reí. Me había pillado.

—No, no estoy fingiendo. ¿Debería estar perdiendo la cabeza?

—No, cariño. Bueno, hay un par de cosas que aún no te he explicado.

—¿Nada más un par?

Fue su turno de reír, un sonido rico y profundo que me encantaba.

—Bien. Mucho más que...

Jadeé cuando até los cabos sueltos.

—Te curas rápido, ¿verdad?

Desvió su mirada hacia la mía y luego hacia la carretera.

—Sí. Por eso entré en pánico cuando te vi en el techo. Si me caía, me dolería mucho, pero estaría bien en cuestión de minutos. Si algo te pasara a ti... joder. Nunca me lo perdonaría.

—¡Por eso se le curó el corte a Remy!

Se volvió para mirarme, confundido.

—Aquella noche que cuidaba a Remy, estuvo trabajando la arcilla y se pinchó con una de mis herramientas. Hubo un poco de sangre, pero se curó antes de que pudiera encontrar tiritas en tu baño.

—No tengo ninguna.

Ja. Eso debía estar bien.

Llegamos a su casa y aparcamos. El silencio de la noche se instaló entre nosotros.

Miré a Wes. Él me miró a mí.

Ahora había algo diferente en el aire. No un olor ni nada, sino una sensación. Tras conocer su enorme secreto, sentí que estábamos más unidos, como si hubiera menos barreras para entendernos, sabiendo quiénes éramos realmente.

—¿Cuáles son las cosas que aún no me has explicado, Wes? —le pregunté. Quería saberlo todo.

Todo con Wes era nuevo, pero yo ya estaba comprometida. Todo en él me gustaba, incluida su adorable hija y aquel maravilloso grupo de personas con las que había pasado la noche.

—Lo que Marina mencionó... ¿sobre marcarte como mi pareja para siempre? —Su voz era tentativa, como si estuviera abordando un tema delicado.

—Sí, ¿qué significa?

—Los cambiaformas lobo pueden tener lo que tú llamarías relaciones normales. Pueden tener citas. Algunos siguen las tradiciones humanas y se casan legalmente. Tienen familia, todo eso. Pero también existe la posibilidad de encontrar a su compañera predestinada, lo que podríamos llamar la mujer de su vida.

Intenté tragar saliva, pero no lo conseguí. Por alguna razón inexplicable, el corazón empezó a latirme con fuerza en las costillas.

¿Qué me estaba diciendo?

—La historia dice que un lobo reconocerá a su pareja predestinada por su olor. No sabes lo que eso significa hasta que lo experimentas. Al menos, a mí no me había sucedido antes. —Sus ojos brillaban verdes en la oscuridad.

Veía sus ojos de lobo. Estaba diciendo...

—¿Soy tu compañera...? —susurré.

Se llevó nuestras manos aún juntas a la boca y me besó los nudillos una vez más.

—Sí. Debería haberlo sabido en cuanto percibí tu aroma, pero estaba muy alterado porque no encontraba a Remy. Tu olor me provocó un ataque de lujuria voraz, pero en ese momento no sabía que se debía a que eres mi pareja.

Volví a reír.

—¿Un voraz ataque de lujuria?

Sus ojos se entrecerraron y su voz se hizo más grave:

—¿Cómo llamarías entonces a nuestra unión? Te recuerdo de rodillas ante mí.

Tragué saliva. Fue una noche que nunca olvidaría.

—El arrebato de lujuria funciona —chillé, retorciéndome en mi asiento.

Tenía las bragas mojadas para otra ronda de voracidad.

—Ahora, cariño, quiero que seas mía. Quiero que seas mi compañera.

La idea me emocionaba, pero seguía sin entenderlo del todo.

—¿Qué significa exactamente?

—Los lobos machos marcan a sus compañeras

predestinadas con una *mordida* de apareamiento y permanentemente se incrusta su aroma en la hembra, por lo que todos los otros lobos saben que ella ha sido reclamada.

—¿Reclamada? Suena un poco sexista —bromeé, mientras me daba cuenta de que estaba cada vez más mojada cuanto más se prolongaba la conversación.

Wes movió los labios esbozando una sonrisa. Me encantaba ver siquiera el inicio de una en su atractivo rostro.

—Los lobos machos son muy territoriales. Si al menos estás marcada, eso le permite a mi lobo calmar parte de su agresividad, porque mantiene a otros machos lejos de ti. El otro día, cuando les pedí a Colton y Johnny que te ayudaran con el tejado, quería matarlos a los dos por estar cerca de ti.

Me reí.

—¿En serio?

Los dos hombres eran atractivos, pero no tenían nada en comparación a Wes.

—Cariño, cuando un lobo tiene una compañera, hará cualquier cosa en el mundo para protegerla, cuidar de ella y alejar a los otros machos de ella.

Sonreí. Me encantaba saber que se sentía territorial sobre mí. Me daba una sensación de poder femenino saber que creía que valía la pena defenderme.

Levanté la mano libre.

—Además, ¿has dicho morder?

Wes esbozó una sonrisa de verdad. Una sonrisa voraz. Sus ojos brillaban con un verde intenso.

—Así es, cariño. —Su voz tenía un rumor profundo y gutural, como si estuviera excitado. Como si morderme fuera a ser lo más excitante que habíamos hecho hasta entonces. Bueno, lo sería.

Se me aceleró el pulso. Sentí un hormigueo entre las piernas.

—¿Me enseñas? —susurré.

Asintió y nos bajamos del coche. Wes levantó a Remy del asiento y la llevó a la cama. Luego me llevó a la ducha.

24

WES

REMY PODRÍA HABER estado limpia por su baño rápido, pero Joy y yo estábamos sucios. Joy tenía trocitos de hojas pegados en la ropa. En cuanto a mí, como yo corrí desnudo, mi cuerpo parecía como si me hubiera revolcado en un charco de barro, además del sudor. Sin embargo, con ramitas y todo, Joy era la mujer más hermosa que había visto. Así que se lo dije.

—Cariño, eres tan preciosa.

Agarré el dobladillo de su sucia camiseta y lo levanté. Se sonrojó muchísimo con el elogio, pero pude ver en sus ojos que le gustó. Como su madre era una mujer amable, pero con carencias, tenía que preguntarme si le había dado apoyo a su hija o si le recordaba su valía con frecuencia. Yo me encargaría de hacerlo todos los días de su vida.

—¿Los cambiaformas tienen problemas de visión? —preguntó con un mohín en los labios, obviamente porque no pensaba de sí misma que era tan guapa.

Levanté la mano y le aparté un trozo de césped del pelo.

—Fuiste a por Remy sin pensar en ti ni en el peligro que podías correr.

Para demostrarlo, le pasé un dedo por un raspón que tenía en el antebrazo. Odiaba ver un ligero daño en su hermoso cuerpo.

—¿Te duele?

Ella negó con la cabeza.

—¿Duele en algún otro sitio?

—No, pero probablemente lo sentiré mañana.

Estaba delante de mí en sujetador y pantalones cortos, zapatos y calcetines.

—Voy a desnudarte y a revisar cada centímetro de ti, Joy. Y luego voy a follarte hasta que olvides tu nombre y grites el mío.

Tragó saliva y no pude perderme el latido del pulso en el cuello. El lugar que quería morder pero sabía que podría marcarla unos centímetros más abajo.

—Vale.

Metí la mano en la ducha y abrí el grifo para que se calentara el agua. Luego me concentré en mi compañera. Me arrodillé ante ella, le desabroché los pantaloncillos y se los bajé. Cuando los desenredé de sus pies, le quité los zapatos y los calcetines con ellos.

—Joder, eres mía. No puedo creer lo perfecta que eres. —Le besé el vientre. Saboreé su sudor salado. Respiré el aroma ácido fruto del esfuerzo y el dulce almizcle de su excitación.

—Wes. —Enredó sus dedos en mi pelo. Hizo una pausa y sacó algo de él. Una ramita.

Sonrió.

No pude evitar devolverle la sonrisa. Tenía a mi cachorra a salvo y dormida en su cama. A mi compañera casi desnuda para mí.

Con un movimiento de muñeca, logré que el broche de su sujetador se abriera y la prenda, sencilla pero sexy, se deslizó por sus brazos. Mi control se desvanecía poco a poco, pero esta vez tenía que tomármelo con calma. Quería saborear cada centímetro de ella.

Con los dedos enganchados en el elástico y un brusco tirón, las bragas cayeron alrededor de sus tobillos. Con suavidad, la rocé con mis manos. Incluso la hice girar para poder contemplar su espalda y desde mi posición de rodillas, le besé las nalgas. Joy se puso rígida y soltó un gritito ahogado.

—Aquí no te muerdo —murmuré, agarrándola por las caderas y haciéndola girar de nuevo—. Aquí estaría bien. Mi boca estaba justo por encima del vello recortado de su coño.

—Wes —suspiró.

El baño se llenó de vapor. Era hora de limpiar a mi chica para poder ensuciarla yo y hacerla mía.

25

JOY

PENSÉ que iba a follarme en la ducha. Definitivamente, estaba en mi lista de lugares donde tener sexo con Wes, pero en su lugar, me lavó de pies a cabeza. Me había lavado el pelo con champú y acondicionador. Me besó y dejó que sus dedos me recorrieran mientras me rodeaba para asegurarse de que no tenía más raspones que el del brazo.

Luego se enjabonó y enjuagó rápidamente y me ayudó a salir.

¿Quién diría que las duchas sexys eran los mejores juegos preliminares?

Wes siguió lamiéndome y besándome por todo el

cuerpo mientras me secaba con la toalla, dejándome temblorosa bajo sus caricias, con todos los nervios activados y sensibilizados por su tacto, su aliento y sus gruñidos de aprobación.

Estaba sumida en una deliciosa neblina no solo de lujuria, sino de algo aún más embriagador: la idea de ir en serio con Wes.

Ser reclamada por ese padre dulce, corpulento y gruñón. Un hombre que quería morderme y marcarme como suya. Dios, se sentía más que romántico. Se sentía natural y correcto.

Tal vez tenía problemas de abandono porque mi padre se marchó. Tal vez era por el miedo a perder a mi madre cada vez que estaba mal. O puede que simplemente sintiera lo mismo que Wes: que él era «el hombre de mi vida». El destino había intercedido cuando Wes se mudó al lado.

Como artista, confiaba en el destino. Cuando empecé a hacer vasijas y quise ganarme la vida con ello, lo puse en manos del Universo. Pensé que, si tenía que ser así, se venderían. Si ganaba lo suficiente con la cerámica como para dejar mi trabajo sirviendo cerveza en la taberna de Cody, sería señal de que iba por buen camino. Con el tiempo, había podido dejar el empleo.

No ganaba una millonada ni nada por el estilo,

pero sí lo suficiente para pagar la cuota de mi casa y para dedicarme a ello a tiempo completo.

Por lo tanto, ahora creía que el destino me había traído al hombre hecho para mí. Con el que «encajaba», el que me entendía, con el que me sentí como en casa desde el primer momento en que lo vi, incluso cuando estaba en modo gruñón.

¿Fue rápido? Sí. Ridículamente. Si una amiga me dijera que conoció a un chico un día, que estaban enamorados y que quería tatuarse su nombre permanentemente en su cuerpo, le diría que echara el freno. La cosa era que yo lo sabía, y no tenía un lobo interior ni un sentido de súper olfato que me guiara. Simplemente quería a Wes y a Remy.

Wes dejó caer la toalla al suelo y me cogió en brazos.

—Mía —gruñó mientras me llevaba a su dormitorio.

Mi coño se apretó. Me encantaba esa afirmación. Me encantaba la idea de ser suya. Quería que él fuera mío a cambio.

Consideré la idea de mudarme aquí con él permanentemente. De compartir la crianza de Remy. De darle hermanos.

Todo parecía perfecto.

Podría convertir mi casa en todo un estudio de

arte. Tal vez, podría utilizar la sala de estar como una «sala de exposición» y vender mis piezas directamente desde mi casa. Me estaba precipitando. Quizá yo debería echar el freno.

Wes me tumbó boca arriba y estudió mi cara.

—Ahora estás flipando.

—No estoy flipando —admití mientras sacudía la cabeza—. Solo me preguntaba si iba demasiado rápido.

Me pasó el dedo por el pezón.

—No tienes que tener miedo de nada. No conmigo. Si quieres que espere para marcarte, lo haré. Pasaré todos los días del resto de mi vida demostrándote que soy digno de ser tu compañero, si es necesario. Solo te quiero a mi lado, que formes parte de nuestras vidas.

Se me empañaron los ojos y busqué su cara, tirando de él para darle un beso.

—No es eso, es que...

Se sentó a horcajadas sobre mi cintura, sujetándome suavemente las muñecas y me las inmovilizó junto a la cabeza. Me encantaba sentirme atrapada por él. Atrapada significaba segura.

—Dime.

Arqueé las tetas, deseando que me tocara más, porque la posición en la que me tenía me excitaba.

—Dime todo lo que te da miedo. Pongámoslo todo sobre la mesa para saber a qué nos enfrentamos.

Dudé. No estaba segura de si mis miedos tenían nombre o eran siquiera racionales.

—Yo hablaré primero —dijo—. Tengo miedo de que el lobo te asuste, que digas que no es para ti. Tengo miedo de que te parezca demasiado el hecho de que yo venga en paquete con Remy. —Desvió la mirada un segundo y luego volvió—. Y... tengo miedo de que Remy salga lastimada, que se encariñe contigo y luego, si las cosas no funcionan, se le rompa el corazón mucho más que lo que causó su madre.

Mis ojos se llenaron de lágrimas por él, por Remy, por el momento de vulnerabilidad. Fue tan increíble y valiente al compartirlo conmigo. Sus miedos eran razonables y tenían sentido.

Wes pareció darse cuenta de que no era el momento de sujetarme porque me soltó las muñecas y me dejó rodearle el cuello con los brazos para abrazarlo.

Era más fácil hablar con mis labios contra su cuello, con la cara oculta.

—Yo tengo miedo... no sé... de ser impulsiva o irracional, de que, si las cosas no funcionan, la gente me juzgue por precipitarme. Sé que es estúpido preocuparse por lo que piensen los demás, pero...

Su pulgar acarició mi mejilla.

—No es estúpido. Lo entiendo. ¿Y qué más? Quiero oír hasta la última reserva.

—Vale... —Esto de repente se convirtió en un juego en el que estábamos juntos; en lugar de una crisis de grandes decisiones.

Wes nos acomodó de lado, uno frente al otro, y luego nos arropamos con la manta.

—¿Y si me estás haciendo engañando? —Solté una risita ante lo absurdo de la idea. Conocía a Rob y Boyd Wolf y a la mayoría de los chicos del rancho desde siempre. Wes era uno de sus amigos. No era un tipo raro que se me insinuaba con un motivo oculto. Pero el mero hecho de decirlo en voz alta despejó cualquier sombra de preocupación que pudiera tener.

Wes también se rio.

—Definitivamente te estoy engañando. Quiero tener acceso a toda tu preciosa cerámica y quedármela para mí.

No pude evitar soltar otra risita.

—¿Y si eres un narcisista que me atrae con sexo delicioso y favores de arreglos domésticos hasta quedar atrapada y después me empiezas a controlar y a enloquecer? —Mientras decía esas palabras, sabía que era imposible. Lo había visto con su hija. No era un narcisista, era todo lo contrario.

No parecía ofendido.

—¿Qué más tienes, Joy?

Dejé que mi mente se fuera al peor de los miedos. Tal vez el que todas las mujeres del planeta debían tener en cuenta.

—¿Y si te conviertes en un maltratador y luego quedo presa en una secta de lobos que no me deja salir?

Wes se quedó muy quieto, con los ojos muy abiertos.

—Joder, Joy. Eso da mucho miedo. —No habló ni se movió rápidamente para tranquilizarme. Solo dejó que el miedo estallara entre nosotros antes de que desapareciera definitivamente.

Luego dijo con cuidado:

—Puede haber abusos en las comunidades de lobos, igual que en las de humanos. Pero nunca lo había oído de una compañera predestinada. Tengo el cuerpo literalmente configurado para complacer al tuyo. Tu placer es el mío. Tu supervivencia es la mía. Tus lágrimas bajarán instantáneamente mi agresividad si yo las causé o la subirán si alguien más lo hizo. Nací para amarte. Nunca dejaré que nadie te haga daño, Joy. Moriría para protegerte. Viviré para satisfacerte sexual, emocional y físicamente. Y si algún día, satisfacerte significara dejarte ir, si alguna vez quisieras tu libertad, te la daría, aunque hacerlo me matase.

La intensidad del momento parecía que me iba a partir el pecho. No quería ni llorar, ni reír, ni mucho menos soltarlo. Simplemente retuve la sensación en mi corazón, en mi pecho. Era la sensación de ser vulnerable con un hombre. De aprender a confiar en otra persona para que se ocupara de mis necesidades cuando otras personas me habían fallado en el pasado.

¿Era lo que realmente temía? ¿Acabar herida por la persona en la que más confiaba?

Y entonces, como estábamos siendo sinceros, decidí compartir esos pensamientos en voz alta.

—Creo que lo que realmente temo es lo mismo que tú temes por Remy. —Mis ojos se llenaron de lágrimas—. El matrimonio de mis padres no funcionó, fue doloroso para los tres. Supongo que tengo miedo de aprender a confiar y que luego me hagan daño. Sé lo que es para un niño, y tampoco lo querría para Remy.

Wes apoyó la frente en la mía.

—Supongo que no hay garantías, ¿verdad? Me siento así por Remy todos los días. Como si quisiera tanto a esta niña y si alguna vez pasara algo... si alguna vez la perdiera por alguna razón... no sé si podría seguir. —Wes parpadeó con fuerza, como si le dolieran los ojos. Me pregunté si estaría pensando en cómo ella había huido antes.

Se me escapó una lágrima, pero no me importó. No necesitaba evitar las lágrimas ni el dolor. Nos enfrentábamos juntos a nuestra oscuridad más profunda.

Juntos.

—Quiero esto —dije con total claridad.

No había garantías. Aunque viviéramos juntos en un «felices para siempre» perfecto, uno de los dos moriría antes. Alguien tendría el corazón roto. Era lo inevitable de la vida. Todos teníamos corazones rotos y todos íbamos a morir. Nada podía protegernos de ninguna de esas cosas, y cuanto más intentábamos evitarlas, menos vivíamos. Cuanto menos amábamos. Cuanto menos disfrutábamos de la vida que se nos había dado.

—Te deseo —dijo Wes. Su polla se endureció pegada a mi vientre y sus ojos brillaron verdes, pero esperó. Podía ver el hambre en ellos, pero no se me abalanzó.

—¿Podemos volver a la parte en la que me inmovilizas y te abalanzas sobre mí? —pregunté.

La sonrisa de Wes era brillante.

La cosa más cegadora que jamás había visto.

Sentí puro placer porque yo la había provocado. Yo era la fuente de su alegría.

De un tirón, me puso boca arriba y volvió a sujetarme las muñecas por encima de la cabeza.

—Ahora tienes problemas, pequeña humana —gruñó.

Me retorcí debajo de él, con una oleada de calor recorriéndome.

—Enséñamelo —le reté.

26

WES

NO PODÍA AGUANTARME ni un segundo más para hacer mía a Joy. Bajé la cabeza y chupé uno de los pezones mientras hacía rodar el otro entre el pulgar y el índice. Mi lobo ya estaba voraz por ella. Mis dientes se habían afilado. Mi polla palpitaba.

El aroma de Joy estaba por todos lados. Era tan suave, cálida y aterciopelada. Estaba segura, protegida, cuidada. Había dicho las palabras, ahora era el momento de demostrárselo con hechos.

Sin embargo, iba a tomarme mi tiempo para hacerlo. Esto se trataba de dar, no de tomar. Iba a enseñarle a Joy lo que podía esperar de mí. Mi completa atención a su placer. Mi tiempo y concentración. Mi amor.

Cielos, ni siquiera habíamos dicho que nos amábamos. Eso era probablemente más importante para ella, como humana, que escuchar que yo quería marcarla.

Así que empecé donde estaba. Las palabras no eran lo mío, pero Joy necesitaba escuchar las mías. Tenía que darle todo de mí, incluso las partes difíciles. Empecé con algo fácil.

—Me encanta este pezón —dije, luego cambié a chupar el otro—. Y me encanta este. —Le di el mismo trato y luego arrastré la boca abierta por su vientre, mordisqueándole el costado y haciéndola reír.

Rastreé su ombligo.

—Me encanta este ombligo.

La besé hasta el vértice de su sexo, donde introduje la lengua.

—Me encanta tu clítoris. Pasé la punta de la lengua por esa perlita hinchada y luego hice círculos con ella. Recorrí los labios internos—. Me encanta este delicioso coño.

La penetré con la lengua.

—Me encanta la miel que me das.

El culo de Joy se apretó, y el interior de sus muslos se cerró alrededor de mis orejas. Ella chorreó excitación fresca por mi barbilla.

—Eres preciosísima. —Levanté la cabeza para mirar su cara mientras la penetraba con dos dedos, mi pulgar rozando su clítoris.

Se estremeció debajo de mí, liberándose en un miniclímax.

—Me encantan tus orgasmos. —Encontré su punto G y lo froté.

Gimió con la sensación.

—Sí —gimió—. Por favor.

—Dime lo que necesitas, Joy.

Tenía la piel caliente, la respiración entrecortada, el cuerpo flexible.

—Necesito tu polla...

—¿Quieres esta polla? —Saqué mis dedos y lamí sus jugos, luego me puse de rodillas. Su sabor en mi lengua era el paraíso.

—¡Sí! —Estiró las piernas y sus pies se engancharon a mi espalda para tirar de mis caderas hacia las suyas.

Volví a sujetar sus muñecas juntas con una mano y, con la otra, agarré mi polla para frotar la cabeza sobre sus tiernos pliegues.

—Dame esa gran polla de lobo.

Hostia. Joy podía hablar sucio tan bien como yo. Me hizo chorrear líquido preseminal.

—Te quiero dentro de mí.

Mis dientes caninos se alargaron, el lobo rugía. Casi me corro en ese momento, incluso antes de entrar en su apretado sexo.

—Fóllame, Wes.

Que el destino me ayudara, iba a devorarla. La sed de poseerla se apoderó de mí y la penetré con mi erección de una solo embestida. Jadeó cuando me introduje hasta la empuñadura. Me obligué a quedarme quieto por si había sido demasiado o ella necesitaba tiempo para adaptarse.

—¿Así, cariño?

Meneó las caderas para moverme dentro de ella. Estaba empapada, lo que me facilitó el camino.

—Sí. Fóllame ahora, Wes. Reclámame.

Un gruñido salió disparado de mi garganta y empecé a follarla con rudeza, entrando y saliendo, dándole duro y rápido, tanto que la cama chocaba contra la pared.

—Sí —gimió, moviendo las caderas para encontrarse con las mías—. Por favor, Wes.

Joder.

Con eso me perdí.

Me estaba matando. La sujeté por el cuello para evitar que se golpeara la cabeza contra el cabecero mientras la follaba duro.

—¡Sí... sí! —gritó.

No podía esperar más. Mi lobo estaba más que listo. Tenía que tenerla. Tenía que reclamarla como mía para siempre.

—Córrete para mí, cariño —gruñí.

—¡Sí! ¡Vale! —gritó.

Me hundí profundamente y me corrí, derramando chorros calientes de simiente dentro de ella. Joy obedeció mi orden, sus músculos me estrangularon la polla, haciendo espasmos en su gloriosa liberación. Cada apretón sacaba más de mi polla, cada temblor bombeaba más desde mis pelotas.

El instinto de clavarle los dientes en su carne me cegó, pero me contuve. Era humana, sin duda le quedarían cicatrices y posiblemente heridas graves si no tenía cuidado Cuando ambos nos acercábamos al final del orgasmo, seguí entrando y saliendo de ella lentamente para arrancarle más placer.

—¿Dónde la quieres?

Al principio parecía confusa, aún aturdida por el clímax.

—¿Puedo morderte?

Me miró a los ojos y asintió, con la boca abierta como si estuviera excitada. Señaló su pecho.

Lo cogí.

—¿Aquí?

—Sí.

Mi polla se alargó dentro de ella. Tuve que girar la cabeza para acercarme a su pecho, pero lo conseguí.

¡Con cuidado, con cuidado!, le advertí a mi lobo.

Solo un mordisquito. Mis cuatro colmillos enmarcaron el borde superior externo de su pecho y se hundieron, perforando la carne. Volví a correrme, estremeciéndome con el intenso goce de marcar a mi compañera.

Cuando Joy gritó, me detuve antes de llegar demasiado profundo y aparté muy suavemente los dientes de su carne para no desgarrar sus delicados tejidos.

Me retiré, de repente horrorizado al pensar en su dolor. Lamí las heridas porque mi saliva favorecería su curación. Miré hacia arriba y me encontré con su mirada.

—¿Estás bien? Joder. Lo siento, ¿te duele mucho?

Joy tenía la cara enrojecida, los ojos vidriosos, pero metió una mano entre sus piernas y se frotó el clítoris. Observé, embelesado, a mi hermosa compañera alcanzar un tercer orgasmo. Aunque goteaba sangre de la mordida de su pecho, no parecía agonizar. Estaba experimentando placer al igual que yo.

Mientras se frotaba entre las piernas y luego jadeaba, levantando las caderas de la cama, la observé y tomé una foto mental, queriendo guardar este increíble momento en mis bancos de memoria para siempre.

Cuando estuve seguro de tenerla, aparté sus dedos y bajé la cabeza. Si mi compañera quería más placer, yo se lo iba a dar.

Toda la noche.

27

JOY

Debido a la alocada noche, Remy durmió hasta tarde. Nosotros también. De hecho, no nos movimos hasta que ella llegó y se metió en la cama con nosotros. No comentó que yo había vuelto a dormir en la cama de su padre ni que estábamos desnudos. Habló de la camiseta de Marina que llevaba puesta, lo mucho que le encantaba y que quería llevarla todo el día. La mente de una niña de cuatro años era muy dulce y sencilla.

Treinta minutos después, Remy y yo estábamos en la terraza trasera, comiendo tazones de yogur con granola y fruta. Me había puesto mis viejos pantalones vaqueros y mi camiseta de tirantes para combatir el calor y porque iba a trabajar en mi estudio la mayor parte del día. Remy seguía con la camiseta de Marina. Su «disfraz».

Wes estaba en el interior de la casa preparando una jarra de café.

La puerta trasera estaba abierta. El sol brillaba. Los pájaros piaban. Sentía que mi vida era como una película de Disney. Tal vez yo era la princesa de la que hablaba Remy. Tenía a mi príncipe.

Puse mi mano sobre el lugar de mi pecho donde Wes me mordió. Dios, sonaba como si estuviéramos metidos en perversiones. Tal vez, excitarme por un tipo que se convirtió en lobo era perversión suprema. No, era haberle permitido que me mordiera. Marcarme, porque cuando me puse el sujetador, vi la marcas rojas de la herida punzante. No me dolía, aunque cuando presioné sobre el lugar estaba un poco magullado. También lo estaba mi sexo por haber sido follada salvajemente contra en el cabecero de la cama.

Ambas cosas me hicieron sonreír.

—Me gusta este crujiente en mi *grantola* —dijo Remy, agitando su cuchara y apartándome de mis pensamientos.

—Granola —dije. Ella repitió la palabra, pero le salió «grantola».

Daba igual.

Un móvil sonó desde dentro. No era el mío, y Remy tenía cuatro años, así que tenía que ser de Wes.

—¿Sí? —El sonido de esa palabra fue áspero, desagradable. Como si supiera quién era la persona que llamaba y no fuera a malgastar buenas palabras.

—¿Qué? ¿Por qué?

Miré fijamente a Remy, ocupada sirviéndose más de su desayuno, y ni siquiera se dio cuenta de que su padre estaba ahora de mal humor.

Le di un golpecito en la nariz mientras me levantaba y ella soltó una risita.

En la cocina, Wes estaba apoyado en la encimera con unos vaqueros y una camiseta de tirantes. Me acerqué a él y me rodeó con el brazo.

—He hablado con el miembro del consejo de los cambiaformas de mi región. Está de acuerdo en que Remy es mía, así que iré a buscarla mañana por la mañana.

Dios mío. *¿Remy era suya?* ¿Era de Soraya?

—No te llevarás a mi hija, Soraya —gruñó, confirmando mis sospechas.

Me soltó y se alejó, paseándose por la cocina.

Miré por la puerta trasera y vi a Remy hablando alegremente consigo misma. Estaba de rodillas junto a la mesa, a menos de tres metros de distancia. A salvo.

—*Nuestra* hija —escuché desde el móvil.

—¿Por qué haces esto? —exigió—. ¿Por qué coño lo haces ahora?

Soraya soltó una carcajada sin gracia.

—Porque estás con una humana.

Respiré hondo y me encontré con la mirada de ojos verdes de Wes.

Soraya quería a su hija porque quería a la niña lejos *de mí*.

Esto estaba ocurriendo por *mi culpa*. Las lágrimas me escocían los ojos.

Soraya había aparecido *después* de la tormenta. Después de haberme mudado a la casa de Wes. Los lobos eran posesivos con sus compañeras y cachorros, así que incluso si no quería a Wes, probablemente le molestaba tenerme cerca. Era mi culpa. Si me hubiera quedado en mi casa, ella nunca habría sabido que Wes y yo estábamos juntos.

—¿Qué coño tiene eso que ver?

Wes no decía malas palabras delante de Remy. Realmente no lo había oído blasfemar tanto en absoluto. Este definitivamente era un momento de malas palabras. Quería arrebatarle el teléfono de las manos y soltarle alguna que otra palabrota a Soraya. Pero perdería. Ella tenía la ventaja aquí. *Yo era la humana.*

—No permitiré que una humana *contamine* a mi hija cambiaformas. ¿Qué le va a enseñar? ¿Cómo va a ayudarla a convertirse en una hembra cambiaformas fuerte y poderosa?

La mirada de Wes se desvió hacia la mía y luego hacia Remy.

Yo hice lo mismo, mirando fijamente a los dos.

—¿Qué le has enseñado tú en estos últimos cuatro años? —replicó Wes.

—Voy a empezar ahora.

—*No* te la vas a llevar.

—Te estás acostando con una *humana*. Me la llevo. Ya tengo el apoyo del consejo. Soy la madre y se acordó que Remington no está en un ambiente donde pueda prosperar.

Los ojos de Wes se abrieron de par en par y se tiró del pelo. Giró en redondo y se detuvo justo delante de la puerta trasera, para poder mirar fijamente a su hija.

Era desgarrador de presenciar. Escuchar a alguien dispuesto a arrancarle a la hija a Wes. Dios, me había dicho anoche que perder a Remy era su mayor miedo.

No podía permitir que sucediera.

—Estaré allí mañana por la mañana a las diez.

Alguien del consejo irá conmigo para asegurarse de que cumplas la orden.

Con eso, la llamada terminó.

Wes arrojó el teléfono sobre la encimera de granito y este patinó por la superficie con estrépito.

Soraya era una zorra. No me gustaba utilizar ese término con demasiada frecuencia, pero al igual que las palabrotas, este era el momento apropiado. La razón de ser de las palabrotas era la catarsis. Nunca esperé que todo el mundo fuera mi amigo. Eso estaba bien. Pero ella me odiaba. Solo había intercambiado unas pocas frases con ella, y con solo una olfateada, me odió a muerte.

Obligaba a Wes a elegir entre su hija y yo.

Era horrible.

Me daba miedo tocarle; Wes parecía a punto de estallar. Era como si su lobo necesitara salir y correr o pelear.

—¿Puede hacerlo? —susurré.

Wes, restregándose una mano por la barba pelirroja, miró fijamente a Remy,

—Sí —espetó—. Si en verdad involucra al consejo, sí.

—¿Qué es el *consejo*? —pregunté, llevándome los dedos temblorosos a los labios.

—Es como un órgano de gobierno. Jueces, con

miembros de las manadas más grandes de la región. Se ocupan de asuntos internos de la manada o asuntos que afectan a nuestra especie en su conjunto. Sus decisiones son válidas. Del castigo se encargan los ejecutores del consejo. Uno de los miembros de nuestra manada sirve al consejo como ejecutor: Johnny.

—¿Johnny? —pregunté, asombrada—. Tiene como... veintidós años.

Wes asintió.

—Fue Clint antes que él, pero renunció al papel después de que Lily naciera.

—Así que, si va a traer a una persona del consejo con ella, entonces...

—Entonces no será Johnny. Será alguien que pueda hablar en nombre del consejo y cuya decisión sea válida. Significa que se llevará a Remy y no puedo hacer nada para impedirlo.

—Llévatela. ¡Corre! —sugerí, empezando a sentir pánico por ellos. De ninguna manera la iba a dejar ir con esa perra psicópata.

—Rob tendría que enviar a Johnny a por mí. Tendría que... —Wes tragó saliva—. Matarme, y se vería obligado a llevarle a Remy a Soraya.

—¿Qué? ¿Todo esto por mi culpa?

El rostro de Wes se contorsionó en una mueca peligrosa.

—No por ti. Por ella.

—Entonces me iré. Lo dejamos. Si yo soy el problema, salgo de la ecuación. Si ya no estamos juntos, entonces no hay razón para que Soraya le pida al consejo que se lleve a Remy.

Wes giró para mirarme.

—Eres mi compañera —gruñó.

Señalé la puerta trasera y dejé caer las lágrimas.

—Es tu hija. —Tragué con fuerza e intenté que volvieran a salir, pero no funcionaba—. Nos conocemos desde hace menos de una semana. Esto... —Moví la mano señalándonos a nosotros—. No es suficiente. No dejaré que Remy sufra entre padres enfrentados como yo. Y no dejaré que te la arrebaten. No seré la razón por la que os separen.

—No. —Su gruñido fue feroz. Si no confiara en él hasta los huesos, me habría asustado.

Sacudí la cabeza.

—No. Se acabó. Anoche me dijiste que me dejarías ir si te lo pedía. Te lo estoy pidiendo ahora.

—Joy —suplicó.

—Coge las cosas mías que tengo por aquí y tíralas a mi patio. Así, cuando vengan, no me olerán.

—¡Tu casa tiene agujeros! —Apretó los puños.

Me encogí de hombros.

—Me iré a casa de mi madre.

Ese era el último lugar al que quería ir, pero no había otra opción. No se trataba de mí. Remy se merecía a su padre. Lo necesitaba.

Me acerqué a él, le besé la mejilla y hui con los sollozos ahogándome la garganta.

No la arriesgaría por nada. Ni siquiera por amor.

28

WES

Joy se marchó. Había salido llorando por la puerta. Mi lobo rugió. Quería tumbar las paredes de la casa, arrasar con todo, luchar por ella. Pero también tenía que pensar en mi hija.

Joy o Remy.

Soraya me daba ese ultimátum.

El problema era que Joy había decidido por mí. Mi lobo se estaba volviendo loco por verla marcharse. Estaba dolido. Aullaba. Merodeaba. Mi visión cambiaba entre la del lobo y la del humano, como si estuviera a punto de transformarme espontáneamente y luchar contra la amenaza que se cernía sobre mi cachorra y mi pareja.

—¡Papi, me manché la camisa con yogur! —llamó Remy, corriendo hacia adentro con una cuchara sucia y los dedos cubiertos de yogur blanco.

Inspiré con fuerza para recuperar el control. Necesitaba ponerle contener a mi lobo para poder pensar.

—Vale, vamos a lavarte. —Mi voz sonó hueca a mis oídos. Cogí un paño húmedo y limpié la camisa de Remi como si fuese un robot.

Toda la luz que Joy había traído a mi vida se había apagado. Todo era en blanco y negro, y rojo de furia. Estaba... sin alegría.

Literalmente.

—¿Dónde está Joy? —Remy pareció leer mis pensamientos.

Me aclaré la garganta, pero no me quitó la sensación de tener una banda apretada que me exprimía la vida.

—Tuvo que irse.

—Pero me iba a trenzar el pelo —se quejó Remy.

Y también iba a pasar su vida conmigo.

La rabia volvió a apoderarse de mí.

¿Cómo pudo Soraya hacer esto? ¿Por qué? ¿Era realmente por Joy? No había tenido noticias de

Johnny, pero no le di importancia. ¿Y ahora? Menuda mierda.

Agarré el móvil que había aterrizado detrás de la tostadora.

—Ve a buscar tu cepillo y tus lazos para el pelo, yo lo haré después de hacer una llamada. —La hice girar y le di una palmadita para que se dirigiera al baño.

Luego llamé a mi alfa.

—Wolf —dijo Rob.

—¿Rob? —Mi voz sonó como un ladrido—. Yo, eh, necesito tu ayuda. —Fue difícil sacar las palabras. Yo era un orgulloso lobo alfa. Apenas me comunicaba con los hombres con los que trabajaba todo el día. Pedir ayuda no iba con mi estilo, pero si alguna vez la necesitaba, el momento era ahora.

—Cuéntame.

—La madre de Remy viene mañana a llevarse a Remy. Dice que traerá a un miembro del consejo para respaldarla, y que la defenderán porque estoy con una humana.

—Eso es mentira —gruñó Rob.

Sus palabras me dieron un poco de alivio.

—¿Hay leyes que regulen la custodia?

—No. Si hubiera una disputa entre manadas, se resolvería con la decisión de los miembros del consejo.

Eso no me alivió en absoluto.

—Soraya ha hablado como si el consejo ya hubiera tomado una decisión, sin que yo presentara siquiera mi versión de los hechos.

Escuché el gruñido desde el otro lado del móvil. Lo sentí resonar en mi pecho.

—Quizá traiga a un miembro del consejo para que tome la decisión in situ en lugar de esperar a su próxima reunión. Sería inusual, pero si el tiempo fuera esencial, el consejo podría enviar a un miembro para resolver una disputa como esa.

Joder.

—¿Has marcado a tu compañera? —preguntó.

—Sí. —Tuve que apartar de mi mente la imagen de la cara de mi hermosa compañera bañada en lágrimas; porque me hacía temblar de furia pensar que la había perdido—. ¿Eso jugará en mi contra?

—No lo sé.

Sentí un nudo en el estómago.

—Johnny y yo te apoyaremos en la reunión. No tenemos un representante en el consejo, pero soy alfa de una manada fuerte de la región, y quien venga debe respetar mi presencia. Mi manada tiene múltiples machos apareados con humanas. Si van a empezar a discriminarnos por ese hecho, van a tener problemas. Lo dejaré claro.

—Gracias. —No estaba solo en esto. Mi nueva

manada no me abandonaría en mi momento de necesidad.

—¿Cuándo van a venir? —preguntó Rob.

—Mañana a las diez de la mañana.

—Allí estaremos.

—Ella se ha ido, alfa —añadí.

—¿Quién?

La pregunta era válida después de que Remy huyera la noche anterior. Mi hija era una escapista, y tenía que trabajar para corregir eso en otro momento.

—Joy. Mi compañera se fue para no interponerse entre mi cachorra y yo.

—Joder. Una cosa a la vez. Nos encargaremos de Remy, luego podrás ir tras tu compañera. Ven al rancho ahora. Johnny y yo te estaremos esperando en mi despacho. Pensaremos en un plan.

29

JOY

—HOLA, mamá. —Esa noche llegué con una pequeña maleta a casa de mi madre. Había intentado trabajar en mi estudio ese día —me había obligado a hacerlo porque necesitaba producir para compensar las vasijas rotas—, pero era difícil ver la arcilla cuando las lágrimas seguían cayendo por mis mejillas. Y yo no era una llorona.

Me decía a mí misma que era absurdo llorar por alguien que había conocido hacía una semana. Completamente absurdo. El hecho de que fuera mi vecino hacía todo aún peor. Por suerte, los arbustos y la valla bloqueaban la vista tanto como mis lágrimas.

Sin embargo, mi corazón roto seguía recordándome que Wes significaba mucho más que una semana de sexo. Wes iba en serio de mí. Creía que el destino nos había unido. Que estábamos hechos el uno para el otro. Que yo era «la elegida».

Y maldita sea si no se sentía como el elegido para mí. Especialmente con lo mucho que me dolía el corazón al renunciar a él. Sin embargo, no iba a interponerme en su camino para que Soraya se quedara con su hija. Me importaba demasiado. La idea de que Remy se fuera con esa horrible mujer...

—¿Joy? ¿Qué pasa?

Mi madre estaba en la cocina, lo cual era una buena señal. Vestía su ropa de trabajo, lo que significaba que se había levantado de la cama y había ido a la oficina.

Realmente parecía que la visita con Remy había sido una especie de reinicio para ella que la sacó de sí misma. Los niños eran así. No podías regodearte en tu propia miseria cuando un pequeño ser necesitaba tu atención para sobrevivir.

Remy ejercía ese efecto en Wes. Él sería capaz de poner un pie delante del otro para seguir adelante, porque aquella niña de cuatro años era un encanto. No creía que fuera a caer en depresión sin mí, sobre todo a los pocos días, aunque cuando me despedí de él con un beso parecía abatido. O tal vez fuera porque le iban a arrebatar a su hija.

¿Y yo, por otro lado? No sabía cómo iba a seguir viviendo en la casa contigua a la del hombre que amaba.

Sí, *amaba*.

Parecía una tontería decirlo por alguien a quien acababa de conocer, pero era imposible que tuviera el corazón roto si no estuviera locamente enamorada de Wes. Había tenido una o dos aventuras en el pasado. Pero este no era el caso.

—Hola —le dije a mi madre, dejando caer la maleta en el pasillo—. Voy a quedarme aquí hasta que arreglen mi techo. ¿Te parece bien?

—¡Pues claro, cariño! —contestó ella alegremente—. Será estupendo tenerte aquí. Pero creía que te ibas a quedar con Wes.

Mi madre escudriñó mi cara con interés cuando se volvió para mirarme. Estaba emocionada por mí después de conocer a Wes y Remy, esperanzada por primera vez en mucho tiempo. En cambio, yo estaba a punto de truncarle sus sueños. Después de todo, no tendría un adorable nieto pelirrojo. Tal vez no se lo dijera todavía. Me agradaba esta versión de ella y no quería ser el motivo de que se le derrumbaras los ánimos. Aun así, arrugó la frente con preocupación mientras me miraba.

—Ha pasado algo, ¿verdad, Joy? ¿Os peleasteis? Parecía un buen hombre. Se veía respetuoso.

Mis hombros se hundieron y las lágrimas volvieron a arderme detrás de mis ojos. No iba a poder ocultárselo. No podía mantenerme alegrarme para ella esta noche. Ni siquiera podía mantener la compostura para mí misma. Me hundí derrotada en una silla de la cocina, suspiré y luego resoplé.

—No fue una pelea. Pero hemos roto.

Sus ojos se abrieron de par en par.

—¿Por qué rompisteis si no hubo pelea?

—Él y la madre de Remy están metidos en una batalla por la custodia, y va a ser mejor para las posibilidades de que Wes se quede con Remy si yo no estoy involucrada.

Se quedó boquiabierta.

—¿Qué? Es absurdo. Tenerte cerca hace que su hogar sea más estable. Que no eres una delincuente, adicta ni nada.

Dejé caer la cabeza entre las manos, con los codos apoyados en la mesa.

—No quiero hablar de eso, mamá.

No podía hablar de ello. No sin explicar todo el asunto de los lobos, que era un secreto que sabía que

Wes o cualquier otro miembro de la manada no querían compartir.

Mi madre se sentó a mi lado y me frotó entre los omóplatos, como hacía cuando era niña.

—Cariño —me dijo con voz tranquilizadora—. Lo siento mucho. Se notaba que los dos te importaban mucho. Y admito que a mí también me caían bien. Remy es... bueno, me recuerda mucho a ti. Es brillante e inteligente. Inquieta, también.

Se me caían las lágrimas a las manos mientras me reía.

—Me caen bien los dos —dije.

Ella ladeó la cabeza.

—Entonces, ¿puedes ayudarme a entender? ¿Te pidió Wes que te alejaras?

Negué con la cabeza.

—No, pero su ex no me quiere cerca de Remy. Me lo dejó muy claro. Soy... soy irritante para ella, supongo. Sería más fácil para que ellos arreglen las cosas si yo no fuera parte de la ecuación.

—Pero *eres* parte de la ecuación. —La voz de mi madre era suave, pero firme, poniendo su mano sobre la mía.

—Mamá, no me estás ayudando —solté, e inmediatamente me arrepentí.

Mi madre se levantó y me dio un beso en la cabeza. La oí moverse por la cocina, preparando la cena.

—Lo siento. Me sequé las lágrimas y me levanté para ayudarla.

Me tendió la mano.

—Siéntate, cariño. Tengo la cena lista.

—No, prefiero hacer algo útil. —Puse la mesa y traje dos vasos de agua helada.

—No tienes que ser fuerte todo el tiempo —dijo mi madre al cabo de un momento, sin mirarme.

Sonaba como algo que diría Wes, lo que me provocó un nuevo agujero en el pecho.

—Joy, sé que asumiste demasiadas responsabilidades de jovencita, después del divorcio —continuó —. Me costó mucho funcionar con la depresión. Sacrificaste tu adolescencia por mí.

Guau. Fue una confesión muy dura. Me quedé atónita ante sus palabras mientras sujetaba las servilletas.

—No, mamá. Estábamos juntas en esto.

Se apartó de la encimera para mirarme.

—No deberíamos haber estado juntas en eso. Yo era la mayor. Debería haber estado ahí para ti, pero ha sido al revés.

Las palabras de mi madre me desollaron aún más. Dios, ¿por qué me echaba este rollo encima ahora? No podía curarle las heridas a ella cuando apenas podía detener el sangrado de las mías.

—Joy... te sacrificas por todos los demás. —Se acercó a mí, cogió las servilletas y las puso sobre la mesa. Luego me cogió la mano—. Gastas tu energía intentando hacer feliz a todo el mundo, animando a la gente, sobre todo a mí.

—¿Y qué? —balbuceé. Realmente no sabía por qué discutíamos sobre mis defectos de carácter en este momento.

Me dio un apretón en la mano.

—Quiero que seas egoísta.

—¡Mamá, ahora no es el momento de ser egoísta! —afirmé con firmeza—. Te lo dije, irrito a su ex. Necesito alejarme.

—Bueno, puede ser cierto —dijo con voz suave—. Pero estoy viendo a mi hija llorando, lo que me dice que no está contenta con la decisión que ha tomado. Solo pienso que a veces, cuando creemos que solo hay dos opciones, quizá sea el momento de buscar una tercera. Sé que quizá no sea yo quien deba decírtelo, que primero tengo que decírmelo a mí misma, ¿eh?

Solté una suave carcajada triste.

—Seguí tu consejo y acepté una cita con Clyde para tomar algo este fin de semana. —Mi madre me dirigió una mirada tímida, ligeramente avergonzada, y luego volvió a la estufa, donde terminó de cocinar el salteado.

—¿Qué? —Levanté la cabeza—. ¿Lo has hecho? ¡Qué bien! Siempre le has gustado y me alegro de que por fin le des una oportunidad. Estoy muy emocionada.

Puso la comida en dos platos y los dejó encima de la mesa.

—Me gusta, pero tengo miedo. Sin embargo, estoy dispuesta a intentarlo.

Nos sentamos, cogí el tenedor y moví la comida, pero era incapaz de comer. El estómago me pesaba dos toneladas.

—¿Cómo sería luchar por Wes? —preguntó mi madre en voz baja. Me di cuenta de que no quería hablar más de su cita con Clyde y no quise presionarla. Un día a la vez con ella, incluso si estaba en una racha de días buenos. Así que volvimos a hablar de mi vida amorosa. O de la falta de ella. Una cuerda se anudó en mi estómago.

—No puedo. —Tenía la voz impregnada de miseria. Sentí el peso de mil kilos sobre mis hombros.

—No sabes cómo hacer que funcione. Pero sigue haciéndote preguntas. ¿Qué otras posibilidades hay además de romper con él? No tienes por qué contestar. Solamente quiero que pienses en ello. Piensa en una forma en la que tú también puedas conseguir lo que quieres.

Dejé que las lágrimas rodasen por mi cara sin control. Quizá mi madre tuviese razón. No lo sabía. Pero sí sabía que apreciaba el intento de ayuda de mi madre. Era agradable tenerla como madre para variar. Sentir su amor y cariño. Que fuera ella la que me sacara de un pozo. O al menos que lo intentara.

—Gracias, mamá. —Me levanté, dejando la cena sin comer—. Voy a acostarme a llorar.

Mi antigua yo no se habría permitido ese lujo. Pero parte de no abnegarme era habilitarme a sentir mis emociones.

Y ahora, todo lo que sentía era dolor.

30

WES

Había dormido mal. No tenía a mi compañera a mi lado y mi lobo estaba cabreado, impaciente. Joy tenía razón en una cosa. Remy era la prioridad siempre.

Tenía que encargarme de Soraya de una vez por todas, luego podría conducir hasta la casa de la señora Wallace y recuperar a mi compañera, aunque eso implicara echármela al hombro y cargarla.

Tratar con mi ex era la única manera de recuperar a Joy. Iba a ser difícil. No conocía al miembro del consejo que iba a traer, y ella tenía un caso fuerte.

—Todo va a salir bien —dijo Rob cuando le llené distraídamente la taza de café.

Él y Johnny llevaban aquí una hora, repasando toda la información que Johnny había recopilado, y era mucha. Estábamos en la cocina, esperando. Yo, impaciente. No tenía a ningún miembro del consejo apoyándome en este asunto, pero un alfa fuerte y un ejecutor de mi parte no me venían mal. Tampoco las cosas que desenterramos desde el día anterior.

—Te lo digo ahora, alfa —dije—. Si se decide que ella se quede con Remy, me voy corriendo.

Rob me estudió, luego asintió. No estaba seguro de si era porque concordaba conmigo o si asintió porque escuchó y entendió. Tal vez él tuviera más confianza en esta *reunión* que yo, pero él no tenía un hijo en juego.

Johnny, normalmente optimista y sonriente, estaba sentado con calma a la mesa. Trabajaba con un portátil y se entretenía tecleando. Fui a llenarle la taza, pero seguía llena.

Sonó el timbre.

Miré a Rob y luego a Johnny.

Era el momento. ¿Me quedaría con mi hija o no?

31

WES

—Papá, ella ha llegado. —Remy entró corriendo a la cocina. No tenía la gran sonrisa de siempre en su cara. De hecho, parecía malhumorada y decidida. Si no fuera porque había mucho en juego, me asustaría ver a mi hija así, porque dentro de diez años iba a ser una niña difícil.

No había querido contarle nada a Remy sobre Soraya, pero por si las cosas salían mal, decidí que tenía que saber lo que pasaba.

Le había dicho que Soraya era su madre biológica, que no era muy buena en su trabajo, pero que quería tener otra oportunidad. También le había dicho que no iba a permitirlo, si podía evitarlo.

—¿En serio? —le dije a Remy, tratando de sonar más tranquilo de lo que realmente me sentía.

Ella asintió. Llevaba el pelo recogido en dos trenzas que yo le había hecho. Estaban medio torcidas, pero dudaba que alguien se diera cuenta, ya que había decidido elegir su propia ropa. Pantalones cortos rojos, un top a rayas verdes y amarillas y sus botas de lluvia rosas.

—Sí, puedo olerla. —Arrugó la naricita—. Huele... a sucio.

Johnny soltó una carcajada. Rob esbozó una sonrisa y yo tuve que sonreír porque tenía mucha razón.

—Creo que hay un sitio para ella en el consejo. — Johnny se puso en pie.

Levanté a Remy en brazos cuando volvió a sonar el timbre.

—Supongo que tenemos que abrir —murmuré.

Rob asintió y me siguió.

Soraya estaba en la entrada. Llevaba un vestido azul claro y sandalias de cuña con cintas atadas a los tobillos; un atuendo apropiado para ir a rezar. A su lado había un hombre de unos treinta años, pelo y mirada oscuros, bien afeitado. Por su ropa cara, su corte de pelo y... ¿tenía hecha la manicura?, parecía pertenecer a una manada de una gran ciudad.

Joder.

Entonces percibí su olor, mezclado con el de Soraya. ¿Era porque viajaron juntos hasta aquí o se lo estaba tirando?

—¡Ahí está! —arrulló Soraya con una voz demasiado falsa—. Hola, Remington —le dijo Soraya a Remy.

Remy volvió la cara, se contoneó en mis brazos para que la bajara y se fue corriendo a su habitación. Le enseñaría a mi hija que tuviera modales... si se tratase de otra persona.

Di un paso atrás y dejé entrar al dúo. No les ofrecí asiento. Las presentaciones eran obligatorias, así que dije:

—Él es Rob Wolf, alfa de esta región, y Johnny, el ejecutor de nuestra región.

—Soy Tad Parker. —Asintió primero a Rob y luego a Johnny—. Miembro del consejo de la manada natal de Soraya.

—No estamos aquí para hacer amigos. Vine para llevarme a Remington —dijo Soraya—. Espero que hayas empacado sus cosas. Tenemos un vuelo en unas horas y no tenemos tiempo para entretenernos.

—Alto ahí. —Rob usó un tono de mando alfa que

se percibió en cada uno de nuestros cuerpos. Era una autoridad que te hacía quedar quieto y escuchar—. Me gustaría escuchar al miembro del consejo acerca de sus conclusiones sobre este cambio en los derechos de los padres. —Cruzó los brazos sobre el pecho, indicando que no había que meterse con él.

Nos acomodamos en mi sala de estar. No le ofrecí a nadie una silla ni café. Era raro e incómodo, pero no iba a facilitar las cosas que me hiciera el simpático.

Parker —porque de ninguna manera iba a llamarlo Tad— se aclaró la garganta.

—Soraya me ha informado que su hija vive con una humana.

Tanto Soraya como Parker olfatearon, luego otra vez.

No me cabía duda de que la casa seguía oliendo a Joy. Aunque me había duchado y puesto ropa limpia desde la última vez que la vi, su olor permanecía en esta sala.

—¿No hay parejas mixtas de humanas y cambiaformas en tu manada? —preguntó Rob.

—Otras parejas no están en cuestión de momento —añadió Tad.

—Tengo muchas parejas mixtas en nuestra manada. Incluso con niños. No hay ninguna ley de la manada ni un consenso que diga que no es aceptado.

—No quiero faltarle al respeto a su manada, alfa, pero Soraya quiere lo mejor para su hija.

—La falta de respeto ya fue definitivamente recibida, Parker. —La voz de Rob era de advertencia—. Cuidado. Wes encontró y marcó a su compañera predestinada.

La mirada de sorpresa de Soraya se dirigió hacia mí.

Sí, es verdad. Joy no era una humana cualquiera con la que me enrollaba. Era mi verdadera compañera, la mujer que la naturaleza quería para mí.

—La unión es sólida —continuó Rob—. Permanente. Nada puede interponerse entre lo que ha sido predestinado.

Aunque Parker podría ser un miembro del consejo, no era un alfa.

—Tad ha dictaminado que Remington debe estar conmigo, su madre, libre de toda *contaminación* —dijo Soraya.

—¿Documentación? —Johnny le tendió la mano.

Parker suspiró, metió la mano en el bolsillo y le entregó un papel.

Johnny lo leyó y se lo pasó a Rob.

Tras revisarlo a fondo, Rob se lo devolvió. No necesitaba verlo si ya lo había hecho Johnny.

—Es interesante, Parker, por qué Soraya está tan

interesada en su hija ahora, después de no haber tenido contacto desde tres semanas después de su nacimiento.

—Yo también quiero saberlo. —Crucé los brazos sobre el pecho, imitando a Rob.

—No hay estatuto de limitaciones para ser una buena madre —dijo Soraya.

—No, no la hay. —Asentí con la cabeza, lanzándole una mirada mordaz.

—Ves, él está de acuerdo. —Parker me señaló con el dedo.

—Estoy de acuerdo con lo que ha aceptado ella —espeté—. Que no implica que ella, personalmente, sea una buena madre.

Los ojos verdes de Soraya se entrecerraron al poner cara de asesina.

—Se viene conmigo. No puedes detenerme. Si lo intentas, hay un miembro del consejo, un alfa y un ejecutor aquí para presenciar lo que todos estamos de acuerdo en que va contra las reglas de la manada.

—No en esta manada —gruñó Rob—. Y estás en el territorio de mi manada.

—Soy miembro del consejo —replicó Parker.

Los miembros del consejo constituían la ley que regía a los cambiaformas. Eran los jueces de nuestra especie. Eran superiores a los alfas.

—Tu consejo no gobierna este territorio —continuó Rob.

—Tenía la sensación de que ibas a soltar este tipo de gilipolleces —resopló Soraya.

Fue mi turno de entrecerrar la mirada al ver cómo me había acorralado. Odiaba a esta mujer. Desearía no haberla conocido nunca, y mucho menos haberme acostado con ella, pero me dio a Remy, solo por eso no modificaría nada.

—Me detuve en la oficina del alguacil antes de venir —dijo Soraya—. Las fuerzas del orden humanas. Te acusé de secuestrar a mi hija. Deberían llegar en cualquier momento para arrestarte y asegurarse de que me quede con la custodia.

JOY

Hoy no me sentía mejor que después de haber llorado hasta quedarme dormida anoche, pero yo no era mi madre. No iba a quedarme en la cama con las sábanas echadas en la cabeza por días.

Salí de la cama a rastras y me vine a mi estudio. Iba a trabajar en una bandeja que debía reponer para el envío que se había roto. Al llegar, había una camioneta y un coche extraños, aparcados delante de la casa de Wes. Soraya estaría allí ahora, discutiendo su derecho a llevarse a Remy.

Dios, me esforcé todo lo que pude para no correr

hacia allí y apoyar a Wes, decirles que era un padre maravilloso, contarles cuánto se preocupaba por Remy, que ella era todo su mundo. Pero solo empeoraría las cosas. Solo perjudicaría su caso.

Así que me senté en el taburete de mi mesa de pintura. Tenía un pincel en una mano y la bandeja ya horneada en la otra. Era hora de esmaltarla, junto con las otras pocas piezas que estaban listas, antes de darles el toque final en el horno.

—¡Joy!

Me giré al oír la vocecita de Remy.

Corrió hacia mí y se envolvió alrededor de mis piernas en un torpe abrazo. Dejé mis artículos en el suelo y le devolví el abrazo. Mi pecho se contrajo como si una banda apretada se envolviera alrededor de mis costillas.

—¿Qué haces aquí? —le pregunté.

Solo había pasado un día, pero la echaba de menos.

—¿Sabe tu padre que estás aquí?

Sacudió la cabeza contra mis muslos. La levanté y la dejé sobre la mesa. Una de sus botas de lluvia se cayó al suelo de cemento.

—Cariño, no puedes estar aquí sin el permiso de tu padre. ¿Recuerdas cómo se asustó la última vez?

—Esa señora apestosa está aquí —dijo, interrumpiéndome.

Sí, claro. Levanté la vista, pero no pude ver a través de la pared del garaje hasta la casa de Wes. ¿Intentaban llevarse a Remy? ¿Había venido aquí a esconderse?

—¿Soraya?

No sabía si Wes le había dicho que era su madre.

Los ojos de Remy se llenaron de lágrimas.

—Esa. Dice que tengo que ir con ella. Tienes que venir y decirles que eres mi verdadera madre y que no la necesito.

Vaya. Instantáneamente, las lágrimas brotaron de mis ojos.

—Así no funciona, cariño. Ella es tu mami.

Remy sacudió la cabeza y sus ojos se llenaron de lágrimas.

—¡NO LO ES! —gritó—. ¡NO ME IRÉ CON ELLA!

No la culpaba ni un poco. Si había un momento para una rabieta, era este.

—Tu padre lo está arreglando. No te preocupes.

Le demostraría a Soraya que él y yo no estábamos juntos. Cómo, no tenía ni idea, pero lo haría. Wes era un padre muy bueno y sobreprotector.

—Quiero quedarme aquí contigo —gritó.

Negué con la cabeza.

—No. Tu padre te va a castigar por escaparte otra vez. Además, tienes que regresar antes de que se preocupe.

La llevaría a su terraza y me aseguraría de que entrara. No me atrevía a dejar que una niña de cuatro años caminara sola hasta su casa, aunque solo fueran diez metros de puerta a puerta. Además, Remy tenía la mala y peligrosa costumbre de escaparse. No me fiaba de que no iba a salir corriendo; estaba muy alterada y podía hacerse daño.

La levanté, la puse en pie, le puse la bota y la cogí de la mano.

—Vamos, antes de que tu padre se preocupe.

Lo que hacía por esta niña. Dios, no quería volver a ver a Wes. Definitivamente no quería arruinarle las cosas. Ver a Remy ya era bastante difícil. ¿Y devolvérsela? Me rompía el corazón. Pero Wes iba a entrar en pánico cuando no pudiera encontrarla. Ya tenía bastante de qué preocuparse ahora. Podría, al menos, llevarla de vuelta a salvo. Una cosa menos sobre sus grandes, anchos y sexys hombros.

Cuando salí al porche trasero con Remy, pude oír las profundas voces de Wes y quizá Rob Wolf, así como el desagradable tono de la voz de Soraya.

—...compañera o no, es humana. No quiero que mi hija se críe en un hogar mixto.

El nudo de mi estómago se tensó hasta alcanzar proporciones épicas.

Por favor, que Wes ganase esta batalla.

—Entra —le susurré a Remy.

Pero la niña se negó a soltarme la mano, rompió en llanto y me rodeó la pierna con sus bracitos.

No quería interrumpir su reunión.

—Al consejo no le gusta separar a los niños de sus padres —dijo un hombre—. Wes, tal vez podrías volver a...

—No voy a dejar a mi compañera —explotó Wes.

—¿Ves? —Remy giró su cara manchada hacia la mía.

Se me calentó la nariz.

—Joy es humana, es cierto. Es humana y es perfecta. Es más brillante que el sol y trae felicidad y amor a todos los que toca.

Se me hizo un nudo en la garganta.

Parecía que a Wes también se le había hecho un nudo en la garganta.

—Ella es perfecta para mí, es perfecta para Remy. Se preocupa por Remy. Le importa tanto que estuvo dispuesta a alejarse de nosotros desde que apareciste para que yo pudiera quedarme con mi pequeña.

Se me llenaron los ojos de lágrimas.

—¡No! —Remy corrió hacia delante y abrió de golpe la puerta trasera—. Esta es mi verdadera mamá —declaró en voz alta ante toda la sala, barriendo su brazo hacia mí antes de que pudiera desaparecer—. ¡Y no puedes hacer que se vaya!

33

WES

Joy estaba aquí.

Joder, mi hembra estaba aquí.

Mi lobo aulló de alegría.

Caminé rápidamente para coger a Remy, luego me acerqué a Joy y la atraje hacia mí. Le besé la frente, delante de su moño. Olía a sol y a mi hembra.

—Lo siento —comenzó—. No quise inter...

—No. Nadie va a hacer que Joy se vaya —dije, interrumpiéndola. No tenía nada de qué disculparse —. Y *nadie* nos va a quitar a Remy. —Puse comando alfa en mi voz.

Joy no lo sintió, pero un escalofrío recorrió el cuerpo de Remy, y Soraya se congeló.

—Veremos qué tiene que decir la policía al respecto —dijo, cuando se hubo recuperado.

—Esto es una pérdida de tiempo —le dijo Rob a Parker—. Mi ejecutor tiene algunos datos propios que compartir, si el miembro del consejo quiere escuchar.

La mirada que Rob le dirigió le dijo que no tenía elección. En realidad, no la tenía. Los miembros del consejo escuchaban las dos caras del problema.

—Muy bien —concedió Parker.

Soraya resopló y golpeó el suelo con el pie.

Johnny se adelantó.

—Te doy el pésame, Soraya, por la muerte de tu padre la semana pasada.

Parker giró la cabeza hacia Soraya.

—También debo darle el pésame por no haber recibido ni un céntimo de su inmensa fortuna como propietario de Stanton Oil. El testamento establece que su nieta, Remington Sparks, es la única beneficiaria de Martin Stanton.

Johnny había descubierto esta información cuando le llamé ayer. Su red de conexiones de matones funcionó. Gracias a Dios.

Esa era la verdadera razón por la que Soraya había aparecido de repente para reclamar a Remy. Quería hacerse con ese dinero. Cuando ayer nos enteramos de ese detalle, me sentí aliviado y furioso a partes iguales. Vaya perra conspiradora y despiadada.

—¿Es verdad? —le preguntó Parker a Soraya.

Si las miradas mataran, todos estaríamos muertos con la ferocidad de la mirada de Soraya.

—Sí —gruñó—. ¿Y?

—Es interesante, Parker, una madre que ha tenido cero interés en su hija hasta que esa hija se convierte en multimillonaria.

34

JOY

¿Millonaria? Hostia.

Tenía tanto sentido. Dios, me sentí mal de que ese hombre hubiera muerto, ¿pero le había dado todo a Remy? Debía amarla u odiar a su hija. Tal vez las dos.

Johnny se pasó una mano por la nuca.

—También recopilé información que indica que vosotros dos estáis... Digamos juntos. Creo que todos podemos decir que olemos a Soraya en ti.

Se me salieron los ojos de las órbitas. Soraya y el ridículo hombre, basándome en su ropa y apariencia, ¿eran pareja? Yo no olía nada, pero era solo una *humana*.

El tipo se movió incómodo y Soraya frunció los labios, poniendo una cara muy poco amistosa. Luego se acercó y me golpeó en el pecho.

—¡Tú no vas a disfrutar de mi herencia! Acabaré contigo antes de que eso ocurra.

Abrí los ojos de par en par, sorprendida.

Wes me apartó de Soraya y me puso detrás de él. Como si ella tuviera que atravesarlo para llegar a mí.

—Mi compañera no tiene *nada* que ver con tus intrigas.

—Parker, yo nunca había visto a esta mujer —comenzó Rob, hablando de Soraya—, pero voy a darte un consejo. Vas a tener que cortar lazos con ella ahora mismo. Si tu documento se basaba en que te daba buenas mamadas, entonces tu papel en el consejo no es lo único de lo que tienes que preocuparte.

El hombre, Parker, palideció y miró a Soraya como si estuviera determinando si las mamadas realmente merecían la pena.

—Sí, alfa —dijo, luego... corrió. Salió por la puerta.

Hostia.

Podía adivinar lo que era un alfa. Rob irradiaba una autoridad silenciosa. Poder. Sin embargo, cada vez que me había encontrado con Rob Wolf era muy tranquilo. Por supuesto, nada de su condición de alfa había sido dirigida hacia mí. Pero ver a ese tipo acobardarse y literalmente huir...

Impresionante.

Soraya no era tan lista. Permaneció con las manos en las caderas y, de algún modo, se las arregló para sonreír y fulminarme con la mirada al mismo tiempo.

Llamaron a la puerta, que seguía abierta.

Soraya sonrió.

—Bien, ha venido el alguacil. Ya se va a resolver todo esto.

WES

POR PRIMERA VEZ en más de veinticuatro horas podía volver a respirar. Tenía a mi compañera a mi lado. El miembro del consejo se había ido. Ahora solo teníamos que tratar con el alguacil y, con un poco de suerte...

Entró el ayudante del alguacil, Kyle Abbott, seguido del alguacil de Cooper Valley, Levi, que resultó ser un cambiaformas, compañero de manada y amigo. Me dio mucha satisfacción ver cómo se le borraba la sonrisa de satisfacción a Soraya cuando olió a Levi.

Toma eso, puta. El alguacil de Cooper Valley es un lobo.

Joy no lo sabía, sin embargo. Dio un paso adelante y extendió la mano para frenarlos.

—Alguacil, ayudante del alguacil, no sé lo que os ha contado esta mujer, pero es todo mentira.

Levi se quitó el sombrero y observó a Joy.

—Soy consciente de ello.

La mandíbula de Soraya se desencajó ante sus palabras.

Kyle Abbott, el ayudante del alguacil, era humano, pero su hija, Riley, estaba casada con Cody, uno de nuestros compañeros de manada. Lo sabía y guardaba nuestro secreto de cambiaformas.

Cualquiera que fuera el cuento que Soraya le había hecho a Kyle, no habría sabido que era un lobo. Ella había querido contar con un humano en esto pero eligió al equivocado. Claramente, Kyle fue a Clint con la queja, y ellos sacaron sus conclusiones. No se habían creído ni una palabra. Menos mal.

Kyle miró a Soraya.

—Señora, ¿sabía que es delito presentar una denuncia falsa?

Soraya olía a desesperación. Me señaló con un dedo.

—Me secuestró a mi hija cuando era una bebé. Acabo de encontrarla y exijo que lo detengan. —Su voz era estridente.

Kyle Abbott apoyó un hombro contra el marco de mi puerta en una postura despreocupada.

—Recuérdeme —dijo lentamente—, ¿cuál es la pena por presentar una denuncia falsa ante un agente de Montana, alguacil?

—Hasta seis meses de prisión en la cárcel del condado —respondió Levi.

Soraya curvó el labio superior.

—Una cárcel no me va a amedrentar.

—No, probablemente no —intervino Johnny—. Ahí es donde entro yo. —Dio un paso amenazador hacia ella—. Como *ejecutor*.

Los ejecutores cambiaformas cumplían las sentencias del consejo. Como las prisiones humanas no podían albergar a los de nuestra especie, esas sentencias solían ser la pena capital. Johnny podía ser joven, pero había visto más muertes que yo, incluso trabajando en el rodeo.

Esa amenaza surtió efecto. Soraya salió disparada hacia la puerta, chocando con Kyle.

—Mi sugerencia para ti —le dije a Soraya mirando la dulce cara de Remy—, es que dejes de traumatizar a tu hija amenazándola con separarla de su adorable familia. —Miré a Joy para asegurarme de que estuviese de acuerdo en que éramos una familia, nosotros tres. Como siempre, sus labios perfectos esbozaron una sonrisa.

—Si alguna vez esperas que ella encuentre en su corazón darte una parte de su herencia —añadí.

La estrategia de la zanahoria y el garrote.

La mirada nerviosa de Soraya pasó de la cara de Remy a la mía y luego a la de Johnny.

—Remy, mamá te quiere —dijo.

—Ay, por favor —murmuró Joy poniendo los ojos en blanco.

Remy alargó la mano para acercarse a Joy y yo se la pasé a mi compañera.

—Ella es mi mami —dijo Remy.

—Lo sé. —Soraya había aceptado mi sugerencia —. Pero yo soy tu otra mami y te quiero mucho.

—Vale, adióssss —interrumpió Joy.

Soraya lanzó una mirada a Kyle, él se tomó su tiempo para salir del umbral de la puerta, para que ella pudiera pasar.

—Mami vendrá a visitarte todo el tiempo, ¿de acuerdo, cariño?

—Adióssss. —Remy imitó la despedida de Joy.

Levi y Rob rieron entre dientes. Probablemente no era lo mejor que había aprendido, pero como casi todo lo que hacía una niña de cuatro años, era muy gracioso.

Soraya salió por la puerta. Kyle la cerró detrás de ella.

—Adiós —dijo—. Creo que es la última vez que la veremos.

Rob asintió, ofreciendo una sonrisa.

—Estoy de acuerdo.

Remy soltó una risita.

También lo hizo Joy.

Entonces, increíblemente, me encontré riendo, también.

Se había acabado.

Remy seguía aquí. También Joy.

Toda la aplastante desesperación del último día desapareció. Incluso desaparecieron el ya conocido peso y la soledad de llevar adelante esta familia de dos personas yo solo durante los últimos cuatro años.

Tenía todo lo que podía desear.

Mi vida estaba completa.

JOY

Wᴇs ᴍᴇ ᴊᴜɴᴛó las muñecas y me las ató al cabecero de la cama con una cinta ancha de color rosa. No sabía de dónde había salido, pero sospeché que era una de las cintas para el pelo de Remy.

Ella dormía. Yo estaba desnuda. Los ojos de Wes brillaban verdes. El deseo estaba grabado en cada línea de su cara. Me mató al decirme:

—Voy a darme una ducha, tú vas a esperarme aquí y a pensar en que te has comportado como una chica mala.

Me quedé con la boca abierta, halando las muñecas. Era una *cinta*, podría zafarme si me esforzaba lo suficiente, pero no quería.

—¿Chica mala? —protesté.

Wes se había pasado el día diciéndome lo increíble que era. Cuánto significaba para él que hubiera aparecido para cubrirle las espaldas y también lo mucho que significaba que estuviera dispuesta a sacrificar mis propios deseos y mi felicidad por los suyos. Habíamos pasado todo el día abrazados los tres.

¿Ahora yo era una *chica mala*?

—No lo creo —le dije.

Una sonrisa se esbozó en sus labios. Wes sonreía más a menudo. Definitivamente podría acostumbrarme.

—Chica mala. Ayer me rompiste el corazón cuando te fuiste. Y quiero asegurarme de que afrontes las consecuencias para que no vuelva a ocurrir.

La forma en que dijo *consecuencias* me hizo saber que era un castigo muy sexy el que tenía en mente. Imaginé que sería del tipo de los azotes. Moví las caderas con impaciencia. Necesitaba que me tocara inmediatamente. Pero se dirigió al cuarto de baño.

Miré al techo y resoplé. Cuando la sensación del ridículo se apoderó de mí — atada por una cinta, desnuda y con el culo al aire en una cama sin que hubiera ningún tipo de diversión—, la ducha se cerró. Wes salió y se colocó delante de la cama mientras se secaba.

Santo cielo, las gotas de agua se abrían paso camino abajo por su cuerpo y se las secaba hacia arriba. Seguí su mano y la pequeña toalla con fresas —la misma de cuando nos conocimos— mientras recorría su torso perfecto. Esta vez, su polla estaba dura, grande, larga y gruesa para mí.

—¿Qué has sentido cuando me fui al cuarto de baño? —preguntó, frotándose la toalla sobre la cabeza mojada.

Me quedé con la boca abierta. Luego la cerré. Volví a abrirla.

—¿Te... te fuiste a la ducha para que yo supiera lo que se siente cuando alguien se va?

Se encogió de hombros.

—Quería que estuvieras ahí conmigo.

Tiré de la cinta.

—¿De quién es la culpa? —Solté. Ya no estaba feliz —. Wes, déjame incorporarme.

Se dio cuenta de que las cosas habían cambiado, se inclinó hacia mí y tiró del nudo. En cuanto me liberé, me puse de rodillas y quedamos frente a frente. Yo en la cama, él de pie delante de ella. Ambos desnudos. Era el momento de desnudarnos más.

—Lamento si te he hecho daño, pero nunca me interpondré entre Remy y tú. Jamás.

Gruñó.

—Lo sé. Te quiero aún más por eso.

Se me llenaron los ojos de lágrimas. Wes extendió la mano y me limpió una que resbalaba por la mejilla.

—Nunca nos separamos. Tú no lo sabías, pero yo nunca consideré que te hubieras ido. Tenías razón, primero tenía que cuidar de Remy, pero luego iba a por ti.

Mis ojos se abrieron de par en par.

—¿En serio?

—Tú eres mía. Mi compañera. Mi pareja. Mi alma.

—Wes —susurré. Vale, volví a ser feliz. Me llevé los dedos al lugar del pecho donde me había mordido. No, *marcado*. Había un indicio de costra pero no dolía—. ¿Es por esta marca?

—Sí.

—¿Porque te obliga a volver?

Frunció el ceño.

—No. Porque esa marca significa que somos permanentes. Nada nos separará. Nada romperá lo que hemos elegido unir.

—Yo también te quiero. Quería la marca por esas razones.

—¿Ahora me besarás, joder? —preguntó.

No pude evitar empezar a sonreír y luego sonreír abiertamente.

—Ahora puedes azotarme por ser una chica mala. —Me di la vuelta y me puse de rodillas. Mirando por encima del hombro, miré a Wes—. Estoy lista para afrontar las consecuencias.

37

WES

JOY ADORABA QUE FUERA MANDÓN, así que dejé salir mi lado dominante, listo para mostrárselo de nuevo. Entonces, cogí una de las almohadas y la dejé caer en el centro de la cama.

—Túmbate encima. Quiero ese bonito culo tuyo al aire.

Joy obedeció, meneando las caderas.

—Joder, es precioso —exclamé y le di una palmada en una nalga, luego vi la huella de mi mano florecer en su pálida piel. Tenía la polla jodidamente dura por la vista—. Eres tan hermosa.

Le llevé las muñecas a la espalda y las até con la cinta.

—¿Estás lista para tus azotes?

—Sí, señor.

Me reí entre dientes, todavía una experiencia extraña para mí, pero sucedía cada vez más a menudo. Joy había llegado a mi vida y lo había iluminado todo. No me había dado cuenta de que había estado tratando de funcionar en la oscuridad todo este tiempo. Que podía vivir la misma vida, dar los mismos pasos, pero ser quinientas veces más feliz que antes. Ni siquiera sabía que pudiera ser posible.

—*Señor...* me gusta esa palabra —retumbé. Le di una palmada más fuerte en la otra nalga.

Joy chilló, luego me miró por encima del hombro lo mejor que pudo con los brazos atados a la espalda.

—Gracias, señor, ¿me puede dar otra? —Su expresión era insinuante y me encantaba que fuera desinhibida conmigo, que no ocultara nada de sí misma.

Incluso una sonora risa cayó de mis labios esta vez. Era insoportablemente guapa. Provocaba que mi pecho rebozara de tanta calidez que sentí que iba a estallar.

—Muy bien. —Le di otro azote.

—Creía que era una chica mala —se burló moviendo las caderas.

—Ah, ahora te lo estás buscando. —Le di una ráfaga de azotes en el culo, concentrándome en la parte inferior, donde estaba apoyada. Se contoneó sobre la almohada mientras chillaba y gemía. El aroma de su excitación hizo que mi polla se pusiera dura y recta.

Hice una pausa y le dije:

—Esta noche te voy a follar ese precioso culo; te enseñaré quién manda de verdad.

Esperé a ver cómo se tomaba la noticia. Obviamente, nunca haría nada con lo que ella no se sintiera cómoda.

Joy gimió.

—Quiero cada parte de ti. —Me incliné sobre ella, le pellizqué la oreja—. ¿Te entregarás a mí en todos los sentidos?

—Wes, sí. —Tomaría eso como consentimiento, dado este escenario.

—Muy bien. —No pude evitar repetirlo.

Deslicé mis dedos entre sus piernas y froté su gloriosa miel alrededor del clítoris. Ella abrió las piernas para pedir más. Luego, la azoté un poco, provocando que su culo adquiriera un sexy tono rosado mientras Joy jadeaba y gemía. Me di cuenta de que el juego se tornaba demasiado intenso cuando empezó a apartarse de mi mano; entonces me detuve para acariciarle el escozor.

—Muy bien. —Volví a recompensarla con mis dedos entre sus piernas—. Siempre eres una buena chica, incluso cuando eres mi chica mala —le dije.

Definitivamente no era un castigo real. Era placer para los dos. Joy era mi compañera, a quien tenía una profunda necesidad biológica de satisfacer. Y a mi compañera le gustaba mi dominio.

Enganché los pulgares en el interior de sus muslos y los separé, abriendo sus nalgas enrojecidas para meter la lengua entre sus piernas. Gritó, sacudiéndose de placer al primer contacto de mi lengua. La torturé con ella, hurgando entre sus labios, penetrándola con la punta.

Mi erección palpitaba, deseosa de estar dentro de ella. Me arrodillé detrás de Joy y pasé la cabeza redonda de mi polla por sus jugos, rozando suavemente la entrada. Estaba tan húmeda y acogedora que la penetré. Joder, se sentía bien; tan apretada, mojada y caliente.

Mi gruñido se mezcló con su suave gemido de placer. Tiré de sus caderas hacia arriba, para que se pusiera sobre las rodillas y luego acomodé la almohada bajo su pecho. Aún tenía las muñecas atadas a la espalda y deslicé las palmas por los costados de su cuerpo hasta sus caderas para agarrárselas.

—Mmm.

La sensación de entrar y salir de su sexo me llevaba a otra galaxia. Iba despacio, saboreando cómo se apretaba alrededor de mi polla cuando la penetraba. Su respiración entrecortada. Los escalofríos en sus piernas.

Ella me devolvió el gemido en perfecta sincronía. Yo dando. Ella recibiendo. ¿O era al revés: ella me daba su hermoso cuerpo y yo lo recibía? Para mí, era un bucle de armonía perfecta. Nuestros cuerpos comprometidos en un acto de amor. Una encarnación del destino.

Cada vez que nos uníamos así, era mejor aún.

No iba a dejar que se corriera. Todavía no. Teníamos otras cosas que explorar esta noche. Habíamos estado frenéticos en el pasado y nuestra lujuria lo estropeaba todo. Ahora, teníamos todo el tiempo del mundo.

Ralenticé mis movimientos para provocarla.

Ella empujó sus caderas hacia atrás, tratando de animarme a profundizar más.

—Wes —gimió.

Me deslicé hacia atrás.

Ella gimió.

Le di una palmada en el culo.

—Quédate ahí, cariño.

—Será mejor que no vuelvas a irte para ducharte —bromeó.

Me reí entre dientes. Maldita sea. La tercera risa. Esta hembra me iba a provocar un cambio de personalidad.

Cogí un bote de lubricante que había comprado esta tarde para las fiestas de esta noche y lo destapé.

—Hace un poco de frío aquí —advertí.

Volví a la cama, separé sus nalgas y dejé caer un poco de lubricante entre ellas. Su ano se apretó en respuesta a la repentina sensación.

—¿Habías estado con alguien aquí antes? —Le froté el agujero trasero con el pulgar, masajeando con el lubricante. No estaba seguro de querer saber la respuesta.

—No.

Gracias al cielo. Estaba mal ser tan posesivo con esta parte de ella, quería tomar algo que solo me perteneciera a mí, pero era un maldito lobo. Para una humana, yo era alfa hasta la médula.

Ejercí un poco de presión, abriendo la entrada, estirándola para que acogiera mi pulgar. Lentamente, con cuidado, trabajé.

—¿Estás nerviosa?

Un escalofrío la recorrió.

—Un poco.

—Voy a tratarte bien, cariño. Lo haré bien. ¿Confías en mí? —Retiré el pulgar y masajeé su culo, apretándolo y frotándolo. Sentí el calor de esos exuberantes globos contra mis palmas.

—Sí.

—Muy bien. —Le desaté las muñecas y me incliné para besarle la boca, metiéndole la lengua hasta el fondo.

Ella gimió pegada a mis labios.

Volví a colocar sus caderas sobre las almohadas porque era una posición más favorable para el sexo anal. La carne no estaba tan tensa como si la hubiera dejado de rodillas, y quería que esta primera vez fuera lo más agradable posible para ella.

—Pon tus dedos entre tus piernas, cariño. Quiero que te toques mientras te follo el culo.

Joy obedeció, levantando sus caderas para deslizar su mano por debajo de ella mientras yo lubricaba mi polla. Verla era un espectáculo. En otro momento, me sentaría en mi silla de lectura y la vería tocarse y correrse en nuestra cama.

Separé sus nalgas para llegar a su entrada trasera y empujé con la cabeza de mi polla.

Instintivamente, se tensó.

Esperé.

—Relájate, cariño —murmuré—. Esto te va a sentar bien.

Su capullo se ablandó al exhalar.

—Respira hondo y empuja hacia mí.

Ella obedeció y yo entré con un chasquido silencioso.

—¡Ahhh! —gritó. Al principio, me quedé quieto, dejando que se adaptara. Ya estaba tan apretada que podría correrme así.

Cuando su cuerpo se relajó aún más, fui despacio, dejando que el apretado anillo de músculos se abriera sin que yo insistiera. Sin crear tensión ni resistencia.

—Así, cariño. Un poco más, y habremos pasado la cabeza, ya luego te va a encantar cómo se siente.

Ella se abrazó, así que me aquieté.

Tenía la frente llena de sudor e intencionadamente mantuve los dedos relajados en sus caderas.

—Contrólalo tú, nena. Empuja hacia atrás cuando estés lista.

Así lo hizo, y la parte más gruesa de mi polla se deslizó hasta el fondo.

Joder.

—¿Te sientes bien? —le pregunté apretando los dientes.

Ella gimió. Oí el deslizamiento de sus dedos jugando con su coño.

—Muy bien. Sigue estimulando ese jugoso coño tuyo mientras yo me ocupo de tu culo —le dije.

—Sí, señor.

Joder, era guapa. Aunque ya la había marcado como mía, quería devorarla. Consumirla. Era increíble.

Me moví lentamente dentro de ella, manteniendo mis embates uniformes y rectos. A medida que continuaba, sus gemidos se hacían más fuertes y su espalda se arqueó más.

—Por favor, Wes —gimió.

—Por favor, ¿qué, cariño? —Pensé que quería más por el tono lascivo de su voz, pero necesitaba estar seguro.

—Necesito correrme.

—Vale, cariño. Voy a follarte un poco más rápido, pero seguiré teniendo cuidado contigo, ¿vale?

—Sí. —Me encantó el gemido de necesidad en su voz.

Aumenté la velocidad y dejé que el placer se apoderara de mí. Se me erizaron las pelotas. Bajé las caderas hasta encontrarme con las suyas, para no bombear de forma demasiado errática o fuerte. Metí los dedos por debajo de sus caderas para enredarlos con los suyos entre sus piernas. Estaba empapada, su coño era tan turgente y abierto que dos de mis dedos se hundieron inmediatamente.

—¡Sí, sí! —gritó.

Le di por el culo, presionando la base de la mano contra su clítoris, moviendo los dedos dentro de su coño.

—¡Dios, sí! Por favor, Wes. Por favor.

Se me pusieron los ojos en blanco. Sabía que brillaban. Mi lobo no podía tener suficiente de nuestra compañera. Me permití llegar al descontrol. Me hundí profundamente en su culo y me corrí.

—Córrete para mí, cariño —gruñí. Le pasé los dedos por la entrepierna.

Su cuerpo se estremeció. El sudor cubría su piel. Estaba caliente al tacto.

Chilló al correrse, con su coño apretándose alrededor de mis dedos, que ella empujó más profundamente con los suyos. Nuestras caderas se agitaron como una unidad.

Detrás de mis ojos estallaron fuegos artificiales. El aroma de Joy me envolvió. Le mordí el hombro, no para aparearme, no tanto como para romper la piel, sino por la necesidad de tenerla toda, en todos los sentidos.

Siempre estaría hambriento de mi compañera de esta manera. Nunca pararía.

Cuando nuestro placer se hubo agotado y recuperamos el aliento, salí de ella.

—Quédate ahí, nena. Volveré —murmuré contra su nuca.

Gimió.

Fui al baño a lavarme las manos y a buscar una toallita húmeda y caliente y luego volví para limpiar a mi compañera. Estaba tierna, laxa, marchita con los ojos cerrados, y una sonrisa se dibujó en la comisura de sus labios.

Tiré el paño al suelo, nos pusimos de lado y le quité la almohada de debajo de las caderas.

Nos tapé con una sábana y rodeé su cuerpo con el mío.

—Mía —murmuré en su oído. Joy se apretó con suavidad contra mí.

—Sí —murmuró, inclinando la cabeza para besarme el antebrazo—. Soy tuya.

—Yo también te amo. —Besé y le mordisqueé el hombro—. Los lobos se aparean instintivamente. Sabía que eras mía por el olor, pero todas las emociones humanas también están ahí conmigo, Joy. Quiero que lo sepas.

Se giró en mis brazos para mirarme. Sus ojos

azules se encontraron con los míos, saciados, satisfechos, pero no podía pasar por alto su felicidad.

—Yo también te amo, Wes.

La besé tiernamente esta vez, acunando su mejilla en mi mano.

—No puedo creer que vaya a pasar el resto de mi vida contigo.

Ella me devolvió el beso.

—Lo mismo digo. —Entonces se le llenaron los ojos de lágrimas—. ¡No puedo creer que sea mamá!

Me quedé inmóvil. No habíamos hablado de que ella también se hiciera cargo de Remy.

—¿Está bien? ¿Es demasiado? Podemos ir despacio.

Joy negó con la cabeza, su pelo desordenado resbalando contra mi piel.

—No, estoy totalmente de acuerdo. Remy es mía. Ella también parecía saberlo desde el principio.

Lo pensé un momento, me di cuenta de que Remy se había dado cuenta, por algo lobuno, antes que yo.

—Tienes razón. —Recordé con asombro—. Dijo que olías bien la primera vez que te vio. Luego dijo que sabía que eras humana, pero que eras de los humanos buenos.

Definitivamente era de los buenos.

—Estábamos predestinados —dijo Joy suavemente—. Tú, yo y Remy.

—Siempre y para siempre.

—Tú eres mi para siempre —dijo, lo que me hizo sentir más enorme que una montaña. La acerqué más, para que pudiera recostar su cabeza en mi hombro y acurrucarse en mí para quedarse dormida.

—Eres increíble.

38

JOY

—CREO que quiere acompañantes para su cita —le dije a Wes mientras nos dirigíamos a casa de mi madre.

Habían pasado cuatro días desde el enfrentamiento con Soraya y todo había vuelto a la rutina. La rutina de ser una familia de tres. Ocupada con Remy y mi cerámica durante el día, las noches las pasaba en la cama con Wes teniendo sexo. Hablando. Aprendiendo el uno del otro.

Remy no mencionó a su madre. Ni una sola vez. Todo lo que sabía era que se había ido, y parecía ser suficiente.

—Si este tipo no es bueno para ella, prepárate para que lo eche a patadas —murmuró Wes, con los ojos en la carretera.

Mis labios se crisparon al ver lo protector que era con mi mamá. Había llamado el día anterior y nos había invitado a cenar. A cenar con *Clyde*. Parecía que su primera cita había ido bien, y esta era la segunda.

Con nosotros y una niña de cuatro años.

Pensé que sería un lindo momento. Conocía a Clyde desde hacía mucho tiempo, a diferencia de Wes, y no me preocupaba que jugara con las emociones de mi madre. Realmente a él le gustaba ella. Ningún hombre se empeñaba en invitar a salir a una mujer durante años si no estuviese realmente interesado.

—Tú solo espera diez años y verás —le dije.

Me miró y frunció el ceño. Miré por encima del hombro hacia el asiento trasero, donde Remy tarareaba para sí misma.

Wes gruñó ahora, al darse cuenta.

—¿Cuándo tenga catorce?

No va a pasar. Podrá salir cuando tenga veinte.

—¿Qué hay de la luna llena...?

Su sorpresa produjo una frenada del coche que interrumpió mis palabras.

Miré a mis lados.

—¿Qué pasa? ¿Hemos chocado con algo?

Se giró en su asiento y apoyó el antebrazo en el volante.

—¿Intentas tener más *consecuencias*?

Tragué saliva, recordando que tardó dos días en dejar de dolerme el culo después de la última vez, y eso que había sido por diversión.

—Mis *secuencias* no fueron divertidas —refunfuñó Remy desde el asiento trasero—. Tuve que trabajar en el rancho durante el mismo tiempo que tardaron en encontrarme. No me gusta mover piedras.

—No tiene que gustarte —dijo Wes.

Me mordí el labio. Wes decidió que había que castigar a Remy por su escapada, aunque las razones eran sólidas. Tenía que conocer el peligro de sus acciones; así que la había llevado al rancho con él la otra mañana y la había obligado a mover piedras de río —del tamaño de pelotas de softbol que no pesaban demasiado— y a ponerlas en un montón junto a un álamo cercano. Luego tuvo que devolverlas. Marina la ayudó un rato. Luego Johnny. No había sido un trabajo forzado ni mucho menos, pero a una niña pequeña le había parecido enorme. Había sido necesario. Tardó treinta minutos, pero Wes le dijo que era el tiempo que todos habían perdido cuando se había ido a hacer su carrera lunar. Les debía ese tiempo de ayuda.

—No voy a escaparme más —añadió, por si Wes pensaba añadirle más rocas a su día.

—Vale. Entonces puedes decirle a la señora Wallace que le puede colocar otra cereza a tu zumo.

—¡Sí! ¿Qué estamos esperando entonces? —preguntó.

—Sí, ¿qué estamos esperando? —repetí, tratando de parecer dulce e inocente.

Yo también me lo preguntaba. Wes nos miró a los dos y luego puso los ojos en blanco.

—Vaya... mujeres.

Antes de que Wes pudiera volver a poner el coche en marcha, sonó su móvil a través de la consola del vehículo.

—Buenas tardes, Wes. Habla Levi.

Por un momento, me asusté, pensando que iba a decir que Soraya había vuelto. Le agarré la mano a Wes.

—Estoy en el coche con mis chicas —dijo Wes, seguramente advirtiendo al alguacil de que había una niña de cuatro años con las orejas grandes, y muy grandes, ya que los cambiaformas supuestamente oían muy bien.

—No te entretengo. Solo quería decirte que trabajé con Selena Jenkins. Los papeles se redactaron como querías.

Selena Jenkins era abogada, pero también una cambiaformas, que según Levi había ayudado a los miembros de su manada en el pasado. Los papeles ofrecían a Soraya una suma de dinero a cambio de renunciar a cualquier derecho de custodia sobre Remy. Wes tendría la custodia completa para siempre. La suma era enorme para una artista no muy hambrienta como yo, pero no para un multimillonario. Tenía la sensación de que habría pagado lo que fuera para que Soraya se fuera y no volviera jamás.

—¿Y?

—Ya están todos firmados —contestó Levi—. Enhorabuena.

Wes suspiró y sonrió.

—Gracias.

Se había acabado. Soraya se había ido. Había conseguido lo que quería: dinero. Wes obtuvo la garantía de que nunca podría llevarse a Remy.

La llamada terminó y él se detuvo en la carretera.

—Fue un buen uso del dinero —le dije. Cuando de repente uno tenía dinero suficiente para comprar una flota de aviones, era difícil saber por dónde empezar a gastarlo. Cosa que Wes no parecía querer hacer. Estaba contento. Remy era feliz. Era lo único que importaba.

Asintió con la cabeza.

—Otro buen uso es arreglar tu casa. No voy a esperar a que lo haga el seguro.

Mi boca se abrió.

—¿Qué? Puedo pagarte.

—¿Quieres que vuelva a parar el camión? —advirtió.

—¡No! —exclamó Remy.

—Wes...

—Ahora somos una familia, cariño. No planeo comprar un yate y poner tu nombre en él ni nada de eso, pero creo que podemos arreglar tu techo.

Él tenía razón.

—De acuerdo —acepté—. Realmente no quería un segundo trabajo en la taberna de Cody.

—La lista de consecuencias se hace más larga cuanto más hablas —dijo, bajando la voz.

—¡No querrás mover piedras! —me dijo Remy desde atrás, demostrando que podía oír de todos modos.

Nos detuvimos en el camino de entrada de mi madre; Wes aparcó la camioneta.

—¿Puedo ir a pedir cerezas extra ahora? —preguntó Remy.

—Sí —dijo Wes.

Ella misma desabrochó las hebillas del asiento de

coche y se bajó. Salió corriendo hacia la casa, dejando la puerta abierta de par en par.

—No vas a conseguir trabajo en la taberna de Cody. Puedo mantenerte.

Me giré para mirarlo de frente.

—No voy a quedarme sentada comiendo cerezas todo el día, Wes.

—Ya lo sé. Quiero que te centres en tu pasión: tu cerámica.

Ladeé la cabeza.

—¿En serio?

—Por supuesto.

Tragué saliva y miré nuestras manos juntas.

—Estuve pensando en convertir mi casa en una tienda. Quizá una cooperativa para que otros artistas expongan y vendan sus obras. —Miré a Wes entornando las pestañas, insegura con respecto a la idea—. Es que como ya no vivo allí.

Extendió la mano, me desabrochó el cinturón de seguridad y me haló por encima de la consola central.

—¡Wes! —grité.

Una vez acomodada —un poco torpemente— en su regazo, me besó.

Y me besó.

Si no estuviéramos en la entrada de casa de mi madre, iríamos mucho más lejos. Joder, hasta el final.

—¡La señora Wall dijo que paréis de besaros y entréis! —gritó Remy desde la entrada. Miré a Wes y nos reímos—. ¿Podéis hacer un hermanito entonces? Cassie en la escuela dice que sus padres hicieron un bebé porque se besaban todo el tiempo.

Mis ojos se abrieron de par en par, y luego me reí más. Los ojos de Wes se entrecerraron con calidez en la mirada.

No habíamos hablado de tener un bebé.

Pero...

¿Quizás?

Por ahora era feliz. Me amaban, era madre, la vida era perfecta.

Y una locura, porque una niña de cuatro años nos iba a volver locos.

CONTENIDO EXTRA

¿Adivina qué? Tengo contenido extra para ti.

Como siempre... ¡gracias por amar mis libros y las montadas salvajes!

http://vanessavaleauthor.com/v/2mf

¡RECIBE UN LIBRO GRATIS!

Únete a mi lista de correo electrónico para ser el primero en saber de las nuevas publicaciones, libros gratis, precios especiales y otros premios de la autora.

http://vanessavaleauthor.com/v/ed

LIBRO GRATIS DE RENEE ROSE

Quiere un libro gratis de Renee Rose? Suscríbete a mi newsletter para recibir *Padre de la mafia* y otro contenido especialmente bonificado y noticias de nuevos. https://BookHip.com/NCVKLK

TODOS LOS LIBROS DE VANESSA VALE EN ESPAÑOL

https://vanessavaleauthor.com/book-categories/espanol/

OTROS LIBROS DE RENEE ROSE

Rancho Wolf

Áspero

Salvaje

Feroz

Rudo

Indomable

Implacable

Instintivo

Vigoroso

Dos Marcas

Rebelde - GRATIS

Tentada

Deseada

Seducida

Alfa de Montaña

Héroe

Rebelde

Guerrero

Alfas peligrosos

La tentación del alfa

El peligro del alfa

El premio del alfa

El reto del alfa

La obsesión del alfa

El deseo del alfa

La guerra del alfa

La misión del alfa

El tormento del alfa

El secreto de alfa

La presa del alfa

La sangre del alfa

El sol del alfa

La luna del alfa

El juramento del alfa

La venganza del alfa

El fuego del alfa

El rescate del alfa

Hombres lobo de Wall Street

Un Gran Jefe Malvado: Medianoche

Un Gran Jefe Malvado: Lunático

Un Gran Jefe Malvado: Marcada

Un Gran Jefe Malvado: Su pareja

Osos malvados

El reclamo del alfa

Vegas Clandestina

Rey de diamantes

Padre de la mafia

Sota de picas

As de corazones

El comodín del Loco

Su reina de tréboles

La mano del muerto

El comodín

Secundaria Wolf Ridge

Alfa bravucón

El caballero alfa

ACERCA DE LA AUTORA - VANESSA VALE

La exitosa *bestseller* Vanessa Vale escribe romance seductor de chicos malos implacables que se enamoran con todo su corazón. Ha vendido más de un millón de ejemplares. Vive en el oeste de los Estados Unidos y allí siempre se inspira para escribir su próxima novela. No será tan buena con las redes sociales como sus hijos, pero le encanta interactuar con los lectores.

https://vanessavaleauthor.com

- facebook.com/vanessavaleauthor
- instagram.com/vanessa_vale_author
- bookbub.com/profile/vanessa-vale
- tiktok.com/@vanessavaleauthor

CONOCE A LA AUTORA

RENÉE ROSE, LA AUTORA BESTSELLER EN USA TODAY, ama los héroes dominantes, ¡los machos alfa que saben hablar sucio! Ha vendido más de un millón de copias de tórridas novelas románticas con diferentes niveles de sexo no convencional. Sus libros han sido presentados en el Happily Ever After de USA Today y en Popsugar. Nombrada en el Eroticon de los Estados Unidos como la Próxima Autora Erótica Top en 2013, ha ganado también como Autora Preferida en Ciencia Ficción y Antología Valiente y Atrevida y con la mejor novela romántica histórica en The Romance Reviews. Figuró catorce veces en la lista de USA Today con su serie Rancho Wolf y varias antologías.

**Suscríbete a mi newsletter para recibir contenido especialmente bonificado y noticias de nuevos lanzamientos en Español.

https://www.subscribepage.com/reneerose_es

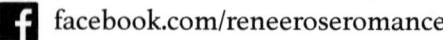

facebook.com/reneeroseromance

x.com/reneeroseauthor

instagram.com/reneeroseromance